KB140241

사진 · 글 · 재미에 빠진

유쾌한 노년

사진·글·재미에 빠진

유쾌한 노년

이승남 지음

노년의 제대로가 인생의 완성이다

학창 시절은 재미만 쫓아다니는 불량기 많은 학생이었다. 사회생활의 36년은 두려움과 스트레스 속에서 지내야 했다. 은퇴하고 평생교육원에서 지낸 13년도 선택의 실수로 허송세월이 되었다. 삶, 참 묘하다. 적성에 맞는 걸 75세에 알게 되었다. 소위 '좋아하는 것' '잘할 수 있는 것'을 만난 것이다. 나이가 나이인지라 어렵고 힘들 것이라는 생각이 들었다. 하지만 이것을 해내기만 하면 인생에서 처음으로 제대로 해내는 일이 될 것이라는 생각이 왔다.

대학 입학원서를 작성하는데 제1지망은 경영학과를, 제2지망은 여친에게 추천하라니 "머리 좋으니 수학과 해요"라는 바람에 머리도 안 좋으며 아무 생각 없이 그렇게 써넣었다. 경영학과에 합격했으면 사업 제대로 했을 터인데 엉뚱하게도 수학과가 되는 바람에 엉망이 되었다. 한심하게도 1년 수업 중 자퇴하고 말았다.

모든 과목이 다 그렇지만 특히 영수국은 바닥 수준이었다. 사회인이 되어 사업이라고 하다 보니 외국을 다닐 때가 적지 않은데 꿀

먹은 벙어리가 된다. 꼭 직원을 데리고 다녀야 했다. 자유롭지 못한 것은 물론 임기응변에 많은 제약을 받았다.

군대 말년에 베트남을 다녀오면 많은 경험을 하게 될 것이라는 직감에 과감하게 자원했다. 적중하여 나트랑 미군보급부대의 인쇄소로 발령받았다. 인쇄소 작업장은 컨테이너의 3분의 1크기다. 부대원은 한 명이다. 혼자서 대장이고 작업자이다.

미군들과 어울리게 되면서 당시 국내에선 느낄 수 없었던 합리성과 실용성, 자유분방함을 체득했다. 자유분방함은 제멋대로라고 생각할 수 있지만 아니다. 규칙이나 규정에 제약을 받지 않는 언행이면서도 스스로 자기 일에 책임을 지고 행동하는 것이다. 그들과 지내며 세 가지 덕목을 가슴에 담을 수 있었다. 덕분에 사회생활을 하며 방향만은 제대로 찾아갈 수 있었다고 생각한다.

사회생활 36년을 다섯 가지 직업으로 살았다. 목물가게, 상 공장, 그릇가게, 가발회사 직원, 마지막으로 완구제조업에 투신하여 19년을 경영했다. 어려움과 스트레스 속 생활이었지만 헤아릴 수 없이 많은 경험을 겪으며 살아낼 수 있었다. 지혜와 통찰도 얻게 된 것 같다.

어떤 일이 생기면 불도저처럼 밀어붙이는 기질이 있다. 하지만 완구제조업을 해내리라고 자신할 순 없었다. 경험이 없는 데다 복잡하고 어려움이 많은 각종 직종이 섞이는 특수한 업종이기에 더 무서웠다. 그러나 선택할 수밖에 없도록 코너로 몰리면서 어쩔 수 없이 투신해야만 하는 처지가 되고 말았다. 오로지 최선을 다하겠다는 각오로 덤벼들었다. 하늘이 도왔다. 덕분에 업을 제대로 운영하고 마무리할 수 있었다.

경험이 많은 사람들도 실패할 수 있는 어려운 일을 무경험자가 시작하여 반듯하게 세워내다 보니 업계와 주위로부터 인정을 받았다. 어떻게 그것이 가능했을까. '기적이야, 기적!'이라고 생각하며 궁금해하고 있었는데 얼마 전 원인을 알게 되었다. 속이 시원하다. '나는 무엇을 잘할 수 있는가'라는 책을 읽으며 알았다. 책은 세 가지에 능한 편이라고 이야기하고 있다. 첫째, 욕망이 강하다. 둘째, 몰입을 잘한다. 셋째, 피드백에 능한 편이다. 일이 잘못되거나 틀리게 되면 수정·보완을 해야 하는데 그런 일을 수월하게 해내는 편이다. 이 세 가지 자질이 가슴에 있었던 것이다. 덕분에 다섯 가지

업종을 널뛰면서도 실패하지 않을 수 있었던 것 같다.

　나이가 들면서 체력이나 순발력, 기동성, 기억력, 호기심은 작아지고 있다. 너무 아쉽다. 줄어들지 않게 해야 한다고 마음먹고 있다. 반면에 노년이기에 생긴 좋은 것들이 있다. 이해심이 깊어졌다. 서두르지 않는다. 적응을 잘 한다. 배려하는 마음이 생겼다. '버럭'이 줄어들고 있다. 대인관계도 부드러워지고 있다. 노년이 되면서 줄어드는 것과 늘어나는 것들이 앞서거니 뒤서거니 하고 있지만 지혜는 점점 더 늘어나고 있는 것을 느낄 수 있다. 노년이 되면 누구나 받을 수 있는 특혜라는 생각이 든다.

　75세에 독서와 글쓰기를 잘할 수 있다는 것을 알게 되었다. 시작했다. 2년이 못 되어 이왕이면 책 쓰기를 하자는 욕망으로 바뀌었다. 굼벵이보다 느리지만 3년이 지나다 보니 드디어 책을 내겠다고 자세를 곧추세울 수 있게 되었다.

　어떻게 이게 가능했을까 감개무량하다.

목차

제 1 장

소
망

1 좋아하는 일을 찾아 재미있게!

좋아하는 일을 하며 사는 것이 삶에서 가장 중요하고 행복하다고 말을 한다. 좋아하는 일을 하게 되면 재미와 성공이 따라온다고도 한다. 틀림없이 그럴 것이라 믿는다. 이것이 우리가 '자기가 좋아하는 일'을 찾아야 하는 이유이지 않을까 싶다.

2004년, 62세에 사업을 접고 평생교육원에 다니기 시작했다. 삶에 활력을 주는 그 무엇을 찾아내어 재미있게 지내고 싶었다. 그때 만난 게 사진이다. 재미있고 몰입할 수 있었다. 덕분에 백제문화제 전국 사진공모전에서 금상도 타고 실버넷뉴스의 기자생활도 했다.

호사다마好事多魔라고 했던가? 그렇게 지내던 중에 어느 순간 사진 담기가 어려워졌다. 사회적으로 이슈가 된 초상권 문제 때문이었다. 그와 동시에 일상에 활력이 없어지고 재미도 사라졌다.

무슨 일이든 적극적으로 할 때라야 재미있고 즐거운 것 같다. 좋아하는 일을 찾아내야 한다는 생각에 머리에 안테나를 세우고 두 손으로 빌었다. 제발 내가 좋아하는 뭔가가 좀 나타나 달라고. 7년 만에 '독서와 글쓰기'를 만났다.

공부를 시작했다. 선생님도 없이 혼자서다. 모르는 것이 많아 공부를 해가는 데 막힘이 생기곤 하였지만 잘 견뎌내고 있는 편이다. 물러서지 않고 끈기 있게. 그렇게 시작한 공부가 시간이 지나며 이왕이면 제대로 해 보이고 싶어졌다. 단단히 마음먹고 학생 때처럼 생활 계획표를 짰다. 그대로 하겠다고 마음을 동여매고 덤벼들었다. 벌써 2년째이다.

나이에 비해 너무 어려운 일에 도전했다는 생각이 가끔씩 들기도 한다. 힘들고 두렵다. 그러나 하늘이 정해준 일이라고 마음을 굳게 먹고, 있는 힘을 다해 목적지를 향해 가겠다고 다짐하고 또 한다. 사람이 앞일을 어떻게 알겠는가마는 진인사대천명盡人事待天命 한다면 결과에 연연하지 않고 갈 수 있지 않을까 바랄 뿐이다.

미국의 샤갈이라 불리는 해리 리버맨은 29세 나이에 단돈 6달러를 가지고 폴란드에서 미국으로 건너갔다. 현금출납원으로 시작했지만 11년 만에 많은 돈을 모았다. 부자가 되어 일에서 은퇴하여 노인 클럽에서 체스나 담소로 소일하던 어느 날 그림을 그리게 되었다. 재미도 있고 그동안 살아온 경험과 성실함으로 그림에 집중할 수 있었다. 이 일은 해리 리버맨의 노후를 더욱 풍요롭고 행복하게 만들어주었다. 101세에 22번째의 전시회를 열고 삶을 마쳤다. 얼마나 행복했을까. 부럽다. 생각만 해도 소름이 돋는다.

독서와 글쓰기가 꿈과 희망이 되었다. 하루를 삼등분하여 하나는 공부에, 또 하나는 일상에, 또 하나는 수면에 배분하여 지내고 있다. 첫 번째 것을 하다 보니 습관이 되었고 재미도 쏠쏠하다. 무엇보다도 하루가 심심하지 않고 시간이 잘 간다. 가치가 있다고 느끼게 되며 재미를 넘어 의미 있고 보람되게 살겠다는 마음으로까지 확장되었다. 몰두하면 자기가 바라는 것을 해낼 수 있다는 것을 느끼게 되었다. 글쓰기가 책 쓰기로 진화했다. 내 이름으로 된 첫 책을 발간하는 것이 목표다.

좋아하는 일 찾아 하기

담을 거리만 있으면 찍는다.
거제 미남크루즈에서다.
다니는데 거울이 보여 이렇게 담았다.
심도가 낮아서 거울의 다리가 없어졌다.
그래서 더 재미있는 사진이 되었다.
거기다 자기가 좋아하는 걸 할 수 있다니
이건 축복이다.

2 / 인생 휘장

전화위복이라 했던가. 가려움증이 생겨 산으로 피신해 들어갔다가 복福을 받았다. 산속에서 일 년 반을 지내며 책과 가까워진 것이다. 이때 독서와 글쓰기를 잘할 수 있다는 걸 알게 되었다. 일흔다섯 때다. 읽고 쓰기를 시작했다. 물불 안 가렸다. 닥치는 대로 먹어 치우는 맹수와 같이 덤벼들었다. 이 년이 채 안 되었을 때, 이왕 하는 공부 글쓰기를 넘어 책 쓰기를 하자는 욕망으로 바뀌었다.

학창 시절엔 공부를 싫어했다. 시건방진 학생이었다. 사회생활을 시작하고 보니 기본적으로 학창 시절의 지식이 꼭 필요하다는 걸 알게 되었다. 아니 필수다. 이미 늦었다. 어쩔 수 없이 필요한 대로 즉시즉시 배워갔다. 장사를 시작하고 보니 상품과 금전의 입출이 빈번하고 복잡한데 얼마나 벌고 밑지는 건지 머리가 복잡하다. 이것을 장부상으로 나타내고 싶었다. 삼십 대 초반에 여자상고 학생들 속으로 뛰어들었다. 부기학원이다. 이때 배운 것이 평생 도움이 되어 주고 있다. 이랬던 사람이 독서와 글쓰기에 관심을 갖게 된 것이다. 이것만 해내면 정말 인생 결미가 괜찮아질 것 같다는 느낌에 꼭 해내야겠다며 스스로를 채찍질하게 되었다.

글쓰기를 시작하고 나서 가장 어려운 점은 지식이 얕다는 것이었다. 지식을 쌓으려면 많이 읽어야 하는데 읽는 속도가 굼벵이보다 느리다. 이래선 안 되겠다며 빨리 읽다 보니 문제가 더 커진다. 앞 문장에서 무엇을 읽었는지 이해가 안 되는 것이다. 어려서부터 책과 담쌓고 지낸 벌罰이다. 이런 사람에게도 다행히 좋은 점이 하나 있다. 유익함이 있다는 걸 알게 되면 머리를 도끼 삼아 덤벼드는 거다.

읽기를 잘 해보겠다고 궁리한 끝에 서울로 퀀텀독서법을 배우러 다녔다. 십 대부터 칠십 대까지 고물거린다. 어디를 가나 최고령자다. 하지만 배워내는 속도는 반비례하여 꼴찌다. 일 분에 사백오십

자 정도 읽는다. 여덟 번의 교육 중 다섯 번의 학습을 넘기면서 보니 다들 발전하는 게 눈에 띄게 보이는데 혼자서만 요지부동이다. 희망이 없다. 할 수 없이 그만두었다. 중간에 스스로 그만두어야 하는 처지가 너무 아팠지만 어쩔 수 없었다. 스스로 노년의 속도로 나아갈 수밖에 없다는 걸 터득한 셈이다.

읽고 쓰기가 너무 힘들고 어려우니까 그만둘까 하는 갈등을 여러 번 겪었다. 하지만 이걸 포기하면 무력하게 살게 될 것만 같았다. 더 싫고 더 무서운 거다. 결국 지식 쌓기를 놓아서는 안 된다는 생각에 이르렀다. 어느 정도의 수준으로 키워야 할지 가늠이 안 되지만 습득되는 대로 배워가면서 써지는 대로 써보자고 마음먹기에 이르렀다.

다행히도 연금보험에 가입되어 있어 오래 살아도 벌어야 할 걱정은 없다. 시간이 많다. 무료함이 싫다. 책 쓰기에 필요한 공부에 전념할 수 있다. 그동안의 경험과 현재의 배움이 융합되면서 좋은 글, 깊은 글을 쓸 수 있었으면 하는 바람이 있다. 이렇게만 된다면 세상에 왔다 간다는 흔적을 남길 수 있게 될 것 같다.

공부 시작하고 이 년이 채 못 되었을 무렵에 자극이 왔다. '책 쓰기'를 지도하는 곳으로부터다. 경험만 있으면 얼마든지 쓸 수 있다는 솔깃한 이야기다. 평소 경험이 많은 편이라고 생각하고 있었기에 한번 해볼까 하는 욕망이 일었다. 서울로 열심히 다녔다. 그때 알았다. 하룻강아지 범 무서운 줄 모르고 덤벼들었다는 걸. 글쓰기도 끝없이 해야 하지만 지식도 너무 없다. 두텁게 만들어야 한다. 배울 게 너무 많다. 어떻게 할까 고민하다가 부족한 것을 서두르지 말고 하나하나 배우며 채워가야 한다는 쪽으로 마음이 잡혔다.

첫 책을 낸 작가들이 말한다. 두려워 말고 자신을 믿으라고. 출간하고 나면 모든 것이 긍정이 되고 인정도 받게 되고 자신감도 탱탱해진단다. 한 분야로의 지식을 쌓아가면서 나름 전문가의 길로 들어설 수 있게 될 것만 같다. 꿈에도 생각지 못했던 길이 어렴풋이 보이는 거다.

그렇다. 잘할 수 있는 걸 찾아냈다. 의미 있게 살다 간다는 것을 보여줄 수 있는 인생 휘장을 만들어낼 수 있을 것만 같다.

3

'빨리빨리 살기'와
'느긋하게 살기'

한없이 바쁘게 살았다. 62세에 업을 접고서도 그 스타일 그대로였다. 그러던 게 76세가 되면서 생각을 고쳐먹었다. 바쁘게 사는 게 좋은 것만은 아니라는 걸 알게 된 것이다.

《손대현의 재미학 콘서트》속에 '마음의 죽음을 만드는 바쁜 망忙' 칼럼을 읽으면서다. 그 꼭지를 읽고 나서 생각을 바꾸었다. "느긋하게 살자!"고. 지금 내가 가지고 있는 건 시쳇말로 시간뿐이다. 그런데도 사는 방식은 '빨리빨리'다. 사업을 할 때 붙은 못된 습성이다. 그걸 바꾸기로 마음먹었다. 책은 이래서 좋다.

사회생활을 하면서 내 마음속엔 두 가지가 있었다. 하나는 부지런해야 잘살게 된다는 것이고 또 하나는 열심히 해야 성공이 온다는 것이었다. 눈만 뜨면 바쁘다. 일상이 전부 타이트하게 굴러간다. 스스로 그렇게 만들었다. 사회생활을 시작하며 자기 스스로 옭아맨 것이다. 시간은 유한한데 할 일은 한없이 많았기에 그리 생각했고 그렇게 사는 게 맞는 것이라며 살았다.

이제야 거기에 여백의 공간을 두는 마음이 있었어야 좋았을 것이라고 생각하게 되었다. 깨달은 것이다. 지금은 그리 바뀌었다. 마음에 여유를 가져야 한다고.

《손대현의 재미학 콘서트》에는 이런 말도 적혀 있다. "재미를 무조건 가볍게 보고 진지함은 무조건 무게 있는 것으로 보았기 때문에 예부터 우리에게 놀이는 익숙지 않았다. 조선왕조 말기에 외국 선교사들이 정구를 치는 것을 보고 그렇게 땀 흘리는 일은 하인에게나 시킬 일이지라며 혀를 찼다는 일화까지 있었을 정도다."

이 글에서 말하는 정서가 바로 그때 나의 정서라는 것을 알았다. 실소했다. 그러면서 하나를 더 보태었다. "뒷간에 다니는 것도 하인을 시키려고 할 거다."

4 호기심을 빵빵하게!

호기심이 생기면 뇌에 활기가 돈다. 궁금증이 생기고 풀려고 애를 쓴다. 그것이 곧 재미가 되고 창조가 된다.

아이 때는 한없이 궁금해했다. 무엇이든지 호기심 어린 눈으로 바라보고 접근했다. '이게 뭐야?' '똥? 똥이 뭐야?' '이거 갖고 싶어!' 이렇게 가슴에 품으면 절대로 안 놓으려고 떼를 썼다. 그러던 아이가 성인이 되며 호기심이 점점 줄어 말라붙었다. 노인이 되더니 호기심이 제로가 되었다. 자신도 모르게 그렇게 된 것이다.

사전을 보면 호기심이란 '새롭고 신기한 것을 좋아하거나 모르는 것을 알고 싶어 하는 마음'이라고 정의한다. '그것은 우리의 감정 중 하나이면서 전에 없던 물건을 발명해내는 창조력의 원천이 되었다'고 한다. 호기심은 인류문명사에 지대한 발전을 가져왔다. 모든 발전과 진화에 시발점이었던 것이다.

노년이 되면 호기심이 없어지는 건 왜일까? 호기심이 생길 것 같은 일도 관심 밖이다. 모르는 척한다. 아니 생각이 안 난다. 어린 아이였을 때는 보는 것, 듣는 것, 무엇이든지 궁금해했는데 나이가 들면서 이렇게 바뀌었다.

호기심은 인간뿐만 아니라 모든 생명체들이 갖고 있는 본능이다. 이것이 다른 감정이나 마음과 합쳐져 시너지 효과를 내게 되면, 그것이 곧 창안이다. 큰 것들은 인류사에 족적을 남길 정도로 대단하다. 노년기가 너무나 길어졌다. 호기심에 관심을 가져 흥미를 끄는 것에 반응하고 재미있게 일상에 적용시키는 건 어떨까.

호기심은 가질수록 알고 싶어지고 움직이게 되고 재미있어지는 것이다. 《나이보다 젊어지는 행복한 뇌》에 나오는 말이다. 〈뇌는 매일 신선한 자극을 필요로 한다〉는 칼럼이다. 젊은이들이 즐기는 것을 따라 하고, 아이들과 놀이를 하고, 새로운 게임을 만들어보면 뇌가 신선한 자극을 받는다. 우선은 나이가 많다는 생각을 버리고 활기차게, 호기심을 갖고 시작해야겠다.

이렇게 하면 뇌에 새로운 세포들이 생기고 그것들이 서로 회로를 만들어 융합하면서 뇌가 활성화되고 창조의 뇌가 된다. 대단한 것을 만들어내자는 게 아니다. 무료함을 없애자는 거다. 그렇게 채우면 채울수록 일상이 재미있어지고 더 젊어지는 것이니까 말이다.

동자승도 달린다

동자승은 어디서 봐도
호기심 많은 어린애다.
귀엽고
안아주고 싶다.

나이 많은 스님을 뵐 때는
그런 마음이 없다.
때가 묻어서일까?
아님 내가 변해서일까?
아리송하다.

5   '명장'이 되고 싶다

60세를 넘어서기 전쯤 생각했다. 75세까지 건강하게 살다 가면 잘 사는 거라고. 오래 사는 것보다 재미있고 건강하게 사는 거, 그걸 원했다. 하던 사업 놓고 나면 문제없이 그때까지 잘 살 것이라고. 하나 그게 마음대로 되지 않았다. 몸이 여기저기 삐걱거렸다. 그러던 중 고질 가려움증을 만났다. 할 수 없이 칠십 대 중반에 산에 들어가 살아야 했다. 어찌하겠나, 다 자기 잘못인데. 학창 시절에 느슨하게 공부를 해댄 거나, 건강이 중요하다는 것을 알면서도 편한 대로 적당히 살아가는 요즘이나 참 비슷하다.

조그만 회사니까 혼자서 북 치고 장구 치면서 정신없이 살았다. 8시에 회사에 도착하고 나서 하루 종일 동분서주하다 보면 저녁 늦게 퇴근이다. 저녁 시간이 되면 이른 퇴근이든 늦은 퇴근이든 되도록 가려고 하는 곳이 있다. 좋아 다니는 단골 술집이다. 마담이 예쁘고 매너 있고 재미있고 특히 내 세상 같아서 좋았다. 사는 맛이 나는 곳이다. 거기서 놀다가 집에 가면 밤 12시다.

그렇게 일하고 술 마시며 열심히 살 때가 2002년도다. 그해 6월 14일 신나는 일이 생겼다. 축구 하면 변방의 나라였던 대한민국이 월드컵 4강에 오르는 것을 스타트 한 날이다. 그 바람에 붉은 악마들이 입는 티셔츠를 두 가지나 샀고 폴란드 목도리를 사서 입고 두르고 돌아다녔다.

대전월드컵경기장에도 갔다. 축구전용구장인 대전운동장에서는 미국과 폴란드가 맞붙었다. 대한민국이 16강 가려면 폴란드가 무조건 이겨야 한다. 이게 무슨 조화란 말인가. 딱 그대로 되었다. 시작 10분도 안 되었는데 내 발 앞에서 폴란드가 미국 골대에 두 골이나 차 넣은 것이다. 관중들은 신바람이 났다. 생면부지의 사람들이 서로 어깨동무를 하고 "대·한·민·국!!! 짝·짝·짝!!!"을 외쳐대며 신바람을 냈다. 그날이 대한민국이 16강에 오른 날이다. 참 감격스러웠다.

벌써 16년이나 흘러 또 월드컵 시즌이다. 이번에 준결승에 오른 나라는 듣도 보도 못한 크로아티아다. 도대체 크로아티아가 어떤 나라야? 알아보니 이탈리아 동쪽에 붙어 있는 서울 인구의 반도 안 되는, 크기는 우리의 반밖에 안 되는 작은 나라다. 그 나라가 이번 러시아 월드컵에서 일을 냈다. 이런 것을 보면 살맛이 난다. '하면 돼! 꿈은 이루어져!'라는 정신력에 매료되기 때문이다. 축구의 종가인 영국을 꺾고 프랑스와 결승전에서 맞붙었다. "우리의 정신이 신체를 지배했다"며 크로아티아에선 온통 열광의 도가니다.

언제 어디서나 놀랄 만한 일들을 만들어내는 곳을 들여다보면 수긍이 가는 게 있다. 거기엔 늘 강인한 정신력이 있다. 그 위대함을 느끼게 된다. 이번에 내가 반한 것도 그것이다. 해내고 말겠다는 굳은 의지와 거기에 맞는 실천력, 이 얼마나 황홀한 일인가? 안 될게 없는 것이다.

나이 들어가고 있다. 그래서 그런지 머리가 느슨하다. 건강관리도 그렇고 일상도 그렇다. 하지만 그렇게 사는 건 마음에 안 든다. 특히 이런 때 단단하게 달라져야 한다고 마음먹게 된다. 그래야 꿈을 이룰 수 있다. 그래서 생각하게 된다. 나도 나를 다잡는 명장이 되겠다고. 2002년의 명장 거스 히딩크처럼, 2018년의 크로아티아의 명장 즐라트코 달리치처럼 말이다.

6   미완성의 완성

예상치 못했던 백세시대가 왔다. 이십 년 전만 해도 몰랐다. 당시는 일흔다섯만 살다 가면 좋은 거라고 생각했다. 그러던 나이가 여든이다. 건강하다. 얼마나 더 살지 모른다. 그건 하늘의 일이라고들 한다. 어찌 되었든 재미있고 의미 있고 보람되게 살다 갔으면 하는 간절함이 있다.

어떤 사람은 말한다. 노년기는 한가하게 사는 거라고. 아니, 그러면 무슨 재미가 있나? 그럴 생각이 없다. 기질에 안 맞아서일까. 태어나며 흠뻑 받은 5월생의 정기인 성장 기운을 마음껏 흩뿌리며 나이 들어가고 싶다. 그것이 바람직하다고 생각한다. 인생의 결미에 서나마 늘 부족하다고 느껴왔던 '앎'을 채우고 싶은 것이다. 그렇다 고 의무감을 갖겠다는 건 아니다. 홀가분하게 하되 방향만은 잘 알 고 제대로 가고 싶다.

현업에 종사하고 있을 때는 일상에 편안함을 허용하지 못했다. 하는 일을 잘하고 싶은데 지식과 지혜가 부족하여 늘 두려움과 불안 에 떨다 보니 그리되었다. 그러던 사람이 은퇴하고 나니 마음이 가 뿐해졌다. 책임감에서 해방되어 일 년 열두 달이 전부 내 것이 된 것 이다. 시간을 온전히 부족한 '앎'을 키우기 위해 쓸 수 있게 되었다.

노년이 되면 육체는 노쇠해지지만 정신과 마음은 그렇지 않은 것 같다. 언제나 가슴에서는 열매를 맺겠다며 꽃을 피우려고 준비 자세다. 작게나마 계속 성장해갈 수 있게 될 것 같다는 생각이 든 다. 한 번뿐인 삶이다. 다행히 말미에 제대로 된 흔적을 남기고 싶 은 생각이 든 것이다. 고마울 뿐이다. 아픔과 고통, 어려움은 성장을 위한 통증이다. 이 성장통은 몸에 앎의 인프라를 구축한다. 겪을수 록 경험의 지혜물이 쌓이며 뇌에 얼기설기 그물을 치게 되는 것이 다. 어려운 일이 생겨도 점점 더 쉽게 해결해갈 수 있는 지혜의 네 트워크가 촘촘히 생기는 것이다.

청·장년기 때 닥쳐오는 일들이 어렵고 두려워 엉거주춤하게 지냈던 적이 많다. 만나면 이겨내느라 온갖 방법을 찾아 동분서주하며 괴로움 속에서 살아야 했다. 그렇게 살다 보니 어렵게 겪어낸 일들에 공통점이 있다는 걸 알게 되었다. 그것은 하나같이 어려움을 이겨낼 수 있는 끈질김, 그것이 성장의 씨앗이 되어 주고 있다는 것이었다. 노년기의 삶도 마찬가지라고 생각한다. 그동안 겪었던 경험과 지혜가 있으니 한창때처럼 스트레스 받지 않으며 편안하고 지혜롭게 살게 될 수 있다고 생각하게 된다.

가슴에 품고 있던 '제조업을 한다'는 꿈을 펴겠다며 잘나가던 그릇가게를 접었다. 제조를 배우겠다고 가발회사에 취업해 서울로 갔다. 내부 살림을 맞는 총무이사다. 낯설고 혼란스럽지만 하나하나 익혀가며 적응해갔다. 거래처는 일본 전국에 맞춤가발로 유통망을 갖고 있는 아데란스다. 한국 고신산업에선 스킨두피: 頭皮을 만들어 거기에 여공들이 한 땀 한 땀 인모人毛를 심어 완성품을 만든다. 일본인들이 좋아하는 백 퍼센트 고급 수제가발이다. 온도와 습도에 따라 변하는 스킨 때문에 품질관리에 어려움을 겪고 있었다. 발 벗고 나섰다. 책 일곱 권을 사다 공부하여 가발회사에 최적인 생산관리와 품질관리 교본 두 권을 만들었다. 매주 화·목요일 아침 일과 전에 반장급 이상 간부들에게 한 시간씩 직접 가르쳤다. 어떻게 그런 생각이 들었을까. 품질과 생산관리의 틀이 잡혀갔다.

아데란스 직원 두 명이 3개월에 한 번씩 번갈아 고신산업에 주재했다. 그들과 어울리게 되면서 일본어에 도전하게 되었다. 독학이다. 혼자선 걸음마가 안 되어 노량진 학원가엘 찾아갔다. 출석하는 날이 반, 빠지는 날이 반이다 보니 따라갈 수가 없다. 궁리 끝에 학원 선생님을 모시고 소주를 나누며 도와달라고 절박하게 말씀드렸다. '새벽에 한 시간 반씩 일주일에 한 번, 육 개월만 가르쳐 주십시오'라고. 함께 드린 말씀이 '수고비는 선생님께서 정하세요. 기꺼이 드리겠습니다'였다. 다행스럽게 승낙을 받고 잘 견뎌냈다. 끙끙거리지만 일본을 다닐 수 있게 된 것이다.

완구제조업을 접자마자 평생교육원에 컴퓨터와 영어회화반에 등록했다. 컴퓨터는 낮에는 평생교육원에서, 밤에는 컴퓨터학원에서 초·중생들과 함께 공부했다. 언젠가는 혼자서 자유여행을 할 것이라고 어깨를 재며 등록한 영어회화는 구제 불능이다. 반년 만에 기권하고 말았다.

독서와 글쓰기를 하다가 인생 끝자락에 바라는 목적지가 생겼다. 책 쓰기다. 작가가 되고 싶다. 그곳에 닿기를 바란다. 하지만 닿지 못해도 괜찮다. 나이 들어가며 맞는 방향으로 계속 가고 있다면 그것만으로도 고맙다. 나이 듦을 즐기다 지구를 떠나게 되는 것이니까 말이다. 완성도 좋지만 미완성도 의미가 있다는 생각이 들었다. 가슴을 믿고 갈 뿐이다.

7 재미있게 사는 방법

은퇴하고서 평생교육원에 다니기 시작했다. 거기서 컴퓨터, 포토샵, 사진, 영어, 글쓰기, 노인복지, 최면사 등 여러 가지를 배웠다. 자격증도 몇 개 땄다. "시간아 가거라, 가거라!" 하면서 재미있게 보냈다. 그렇게 십수 년을 즐겼다. 사진 중에 삶의 다큐 사진을 좋아하며 즐겁게 담았다. 한 장의 이미지에 희로애락을 담는 것이 여간 재미있는 게 아니었다.

그러던 중에 문제가 발생했다. 초상권이 사회적 이슈가 되면서 함부로 타인의 삶을 담기가 어려워졌다. 열정을 바쳐 노닐던 사진

담기가 점점 쪼그라졌다. 무언가 하고 싶은 걸 찾아내야 한다며 두리번거리기 시작했다. 평생교육원에서 무엇을 제일 많이 배웠나 체크를 하니 사진과 글쓰기다. 참 맹랑하다. 학창 시절에 싫어하던 문학인데 등록을 많이 한 것이다. 어렵고 싫어했던 기억뿐인데 사진만큼이나 많이 등록하고 꾸준히 배운 게 글쓰기였다. 깜짝 놀랐다. 문학에 내가 이렇게나 많이 등록했단 말인가? 뭔가 연결고리가 있을까? 그랬으면 좋겠다는 생각이 들었다.

사진은 쉽고 재미있다. 글쓰기는 어렵다. 안 맞는다고 생각하고 있었다. 문학에 어떻게 사진만큼이나 등록을 하곤 했을까? 글쓰기의 삼다三多는 읽고 쓰고 생각하기다. 하나같이 가까이하고 싶지 않았던 것들이다. 평생교육원을 다니면서 하나 더 붙었다. 퇴고다. 이것이야말로 정말로 머리를 지끈거리게 하는 거다.

특히 다큐 삶 사진을 좋아했다. 말하는 사진을 담으려고 노력했다. 재미있었다. 풍경, 일출과 일몰 사진도 좋아했다. 그러나 삶의 사진에서는 초상권에 밀리게 되고, 일출과 일몰 사진은 캄캄한 밤에 산을 타야 하는데 그게 어려웠다. 70이 넘고 보니 위험을 무릅쓸 수가 없었다. 몇 번이나 위험천만한 상황에 몰리게 되면서 뒤로 물러설 수밖에 없었다. 그리되고 나니 쇠털같이 많은 날들에 무엇을 하며 노년을 재미있게 지내느냐 하는 게 큰 숙제가 되었다.

오십 대 말에 생각한 수명은 75세였다. 그 정도 살면 잘 사는 것이라고. 벌써 그것을 넘어섰다. 넘어선 몸이 아직도 탱글탱글하다. 수명은 길어져 백세시대란다. 잘못하면 그때까지 살게 될지도 모른다. 걱정이다. 무엇을 하며 살아갈 것인가? 잘못하면 장수가 재앙일 수도 있겠다는 생각이 든다. 삶에 뭔가 재미가 있어야 할 것 아닌가? 목표든 도전이든. 그래야 살맛이 나는 일상이 될 터인데. 생각하고 또 생각해도 뾰쪽한 처방전이 안 나온다.

생각지도 않은 장수시대가 되고 보니 건강, 돈, 할 일 따위가 다 걱정이다. 건강은 부모로부터 받은 대로 잘 관리하면서 살아야 한다. 돈은 있는 것 가지고 존조리 쓰면 견딜 것이다. 부족하면 집 잡혀야 한다. 그러나 무엇을 하며 살 것인가에 다다르면 간단치가 않다. 어떻게 찾아낼 것인가. 죽을 맛이다.

내일은 무엇을 하며 어떻게 살아갈 것인지. 과거와 미래 사이에 있는 '현재'에서 자신이 해야 할 일이 무엇인지 잘 둘러보아야 한다. 정말로 자신이 좋아할 그 무엇을 찾아내야 하는데 그게 잘 보이지 않는다. 그래도 찾아내야만 도전하는 노년, 재미있는 일상이 될 수 있다.

독서와 글쓰기를 하면서 이상한 일이 생겼다. 흐리멍덩하게 생각되고 제대로 안 보이던 시야가 안개가 걷히기 시작한 것이다. 평생 할 일이 이것이라며 반짝거리고 있다. 해낼 수 있겠다는 자신감도 살이 붙으며 자기 성찰과 자기 계발은 덤이다. 나이가 있어 무엇이든 오래 걸리고 어렵다. 하지만 오래 걸려서 좋을 수도 있다. 쇠털같이 많은 시간 다 어디다 쓴단 말인가. 소걸음처럼 한 발 한 발 내디뎌 가는 것도 나쁠 것이 없다.

열심히 공부해서 '책 쓰기까지 가자'가 되었다. 독서와 글쓰기가 합쳐져 책 쓰기가 되었다. 그동안의 경험을 가지고 독자에게 가치 있는 글을 써서 보이고 싶다. 할 일이 태산이다. 그것들은 하나하나 점령해내야만 하는 도전 덩어리들이다. 어렵지만 그것들을 넘어서는 것은 또 다른 재미다. 이 얼마나 경이로운 노년이란 말인가. "자, 가자!"

무아지경

재미있게 놀 수 있는
그 무엇을 찾아서 우리는 즐긴다.
어려서도 그렇고 커서도 그렇다.
노인이 되어서도 그래야 한다.

8 / 최면 걸기

오늘은 2018년 3월 27일이다. 《위대한 멈춤》을 읽다가 '글을 써라!'라는 울림을 받고 7개월 23일째가 되었다. 짧은 시간이지만 열심히 했다. 그러던 중에 '정말 해낼 수 있을까?'라는 의심과 어렵다는 생각이 몇 번인가 스치듯 지나가곤 했다. 기분이 아주 별로다. 막상 '하자!'라고 마음먹었지만 헤쳐나가는 길이 막막하기만 한 적이 한두 번이 아니었다. 그럴 때마다 겁이 났다.

조금 전에도 그게 왔다. '애가 왜 또 이래', 무섭다. 그렇다고 물러날 수도 없다. 이것보다 더 마음 설레게 하는 삶이 어디 있단 말인가. 이것을 놓으면 재미있어하며 지내는 일이 없어지는 거다. 그렇게 되면 사는 게 죽도 아니고 밥도 아니다. 그리되었다가는 난리난다. 다짐하고 또 한다. '열심히 해야 한다. 놓아선 절대 안 된다!'고.

오늘도 노트북 자판을 친다. 7개월 이상을 쳤는데도 어설프다. 그런데도 딴 방법이 없다. 틀려가며 치고 고쳐가며 치고 또 친다. 그러던 중에 효력이 있는 것 한 가지를 느끼게 되었다. 희한하다. '잘 보이지는 않지만 그래도 나아지고 있다'는 느낌이 드는 거다. 그것은 효력이 있는 것인지 정말 나아진 것인지 긴가민가하면서도 은연중 그렇게 느끼게 되는 것이다. 눈에 보이지는 않지만 분명 좋아지고 있다고 마음이 느끼는 것이다. 아니, 느끼고 싶은 것인지도 모르겠다.

이럴 때 가슴으로 밀고 들어오는 희열감과 행복감은 정말 특별하다. 한 번도 경험해보지 못한 것이다. 사업하면서 대박을 쳤을 때도 느껴볼 수 없었던 특별한 기쁨이자 행복감이다. 어떻게 이런 걸 다 맛보게 되는 것일까. 그 맛에 매혹되어 가고 또 갈 수 있다. '확실히 좋아지고 있다'며 스스로 최면을 걸며 내딛고 또 내딛게 된다.

제2장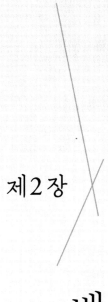

배
움

1 마음을
움직이게 하는 책

군대 갔다 와서 사회생활을 시작했을 때 지식 부족으로 인하여 두려움이 많았다. 그때는 닥치는 대로 막무가내로 해내는 방법 외에는 모를 때다. 수많은 일을 만나면서 해내고 헤매고, 헤매고 찾아내려고 애를 쓰던 때, 많이도 당황하고 방황하는 자신을 보았다. '학창 시절을 좀 더 잘 보냈어야 했구나'라는 걸 알게 되었다.

사회생활 초짜일 때다. 아무리 생각해도 대책이 안 나온다. 답이 없다. 다행스럽게도 문제가 나타나면 해결해 가면서 앞으로 나가는 스타일이다. 힘들고 어려운데 도움을 받을 곳도 사람도 없다. 생각다 못해 찾아간 곳이 책방이다. 답을 찾겠다고 서너 시간 동안 책을 뒤적거렸다. 아무리 해도 답이 될 만한 그 어떤 문장이나 책을 만날수 없었다. '너무 힘들고 지쳤다. 어쩔 수 없이 책방을 나서야 하나?'라고 생각할 때쯤이다. 그 순간 이상한 느낌이 왔다. 머리에 뒤엉켜붙어 있던 매듭들이 느슨해지는 해방감을 맛보게 된 것이다.

삼십 대 초반이다. 책이 무엇인지 모르지만 '느슨해지는 해방감'을 맛보게 되면서 안 다니던 책방을 다니게 되었다. 그것은 축복이었다. 그때 만난 책 중의 하나가 《신념의 마력》이다. 그 책으로 '신념'의 중요성을 깨닫게 되었고, 또한 책의 소중함도 알게 되었다. 많은 자기 계발 서적과 만나게 되었다. 말하자면 해방감이 나와 책사이에 교량이 되어 준 것이다.

《신념의 마력》을 읽다 크게 놀란 구절이 있다. 저자가 크루즈여행을 떠날 때 가졌던 '염원'이 있는데 그 대목이 성사되는 과정이다. 그 염원은 크루즈에서 식사할 때 선장과 함께 헤드 테이블에 앉는 것이었다. 그것이 어떻게 이루어지는지 자세하게 책에 나온다. 그 대목을 읽으며 흥분했다. '아니, 이게 어떻게 가능하다는 거야?'라는 의문과 감성이 꼬리에 꼬리를 물었다. 그리고 책을 덮으면서 머리가 정돈되었다. 신념의 힘이야말로 대단하며 그것에 순응하고 또 그것을 이용하는 자세여야 한다는 걸로. 염원을 가슴에 품고 살자는 다짐을 하기까지에 이르게 되었다.

책 속에 선생님이 계시다는 것을 알았고, 그 속에 삶의 이정표가 있다는 것도 알았다. 책을 좋아하게 되었고 아낌없이 책을 사는 버릇도 생겼다. 책을 읽게 되면서 많은 걸 얻게 되었다. 삶은 고행과 문제의 연속이라는 관점은 물론 많은 다른 관점도 갖게 되었다, 독해력이 느는 건 물론 이해력도 커지는 걸 느낄 수 있었다. 자기 계발의 방법도 배울 수 있었다. 어휘력이 늘면서 표현하고 쓰기가 편해졌다. 멘토나 전문가를 만나 자기에게 필요한 배움을 취할 수도 있다. 긍정적 사고와 의식이나 무의식을 배워 정신과 가슴을 조정하며 삶에 이용할 수도 있다. 이 외에도 많은 점들을 배우고 있다.

《신념의 마력》에서 받았던 감동은 충격적이었다. 그 후로 책을 가까이하면서 크고 작은 영향을 받게 되며 자신을 변화시킬 수 있었다. 앎도 점점 커진다. 하지만 책을 사는 것만큼 읽어내지를 못하니 늘 책에 대한 아쉬움과 죄스러움이 있다. 나이 들어 읽기 시작한 탓에 책을 읽어낸다는 게 그리 녹록한 일이 아니라는 걸 잘 안다. 하지만 빨리 많이 읽겠다고 욕심을 내지 않는다. 오히려 부작용으로 정신적 혼란만 가중시킨다는 걸 알게 되었기에 그렇다. 노년에는 노년의 능력에 맞게 노년의 속도로 읽어야 한다. 그래야 계속 읽을 수 있다.

인생은 연극처럼 3막 5장쯤 되는 걸까? 이제 마지막 단원을 앞에 두고 있다. 자신에 맞는 책을 만나야 시간 절약도 되고 재미도 있을 것이다. 조심스럽기도 하고 또한 잘 해내야 순풍을 만난 돛단배처럼 그런 환경에 놓이게 될 것이다. 그러기 위해선 자신에 맞는 책을 만나고 읽어내야 한다. 자기가 좋아하는 다양한 분야, 취미 등에 관심을 갖게 되는 쪽에서 찾아내야 한다. 광범위한 분야를 보기도 해야겠지만 좋아하는 분야를 만났다면 집중하여 더 깊은 지식과 지혜를 취하게도 될 수 있게 될 것이다.

어떤 책을 읽어야 노년에 파랑새를 만들어가며 살게 될지 자못 궁금하다. 읽으면 책등에 표시를 한다. 사선으로 작대기를 긋는다. 하나는 시간이 아깝다는 표시다. 둘은 읽으나 마나 한 책이다. 셋은 읽을 가치가 있는 유익한 책이다. 그리고 셋에다 고전이라고도 쓴다. 이 책은 꼭 다시 읽어야 할 배움과 충격이 있다는 의미이다. 감동을 받았고, 다시 읽어야 할 가치가 있다는 뜻이기에 책등에 표시된 것을 보고 시간이 허락하는 대로 여러 번 읽기도 한다. 유익한 방법이라고 생각한다.

노년이 되어도 필요한 배움을 익혀가야 한다. 학창 시절을 FM

식으로 보내지 못한 나 같은 사람은 더욱 그렇다. 부담감이 되지 않는 선에서 자유롭게 그런 사고를 갖고 있게 된다면 늘 책과 배움 속에서 노년을 보내게 될 것이다. 그것이 계속 자기를 변화·성장시키는 것이라 볼 수 있다.

언젠가는 난해한 문제들 앞에서도 어리바리하지 않고 제대로 된 올바른 선택을 할 수 있게 될 것이다.

2 성찰은 성장

나이 들어가며 가장 무서운 것 중 하나가 '무료함'이라고 생각한다. 그것을 안 만나려면 평생 할 일은 무엇인지 그 것을 찾아야 한다고 생각하고 있다. 그러다 용케 두 가지를 만났다. '독서'와 '글쓰기'다. 두 가지는 끝도 없는 배움의 연속일 것만 같다. 시작한 지 얼마 안 되었지만 벌써 많은 것을 깨달아가며 만족해하고 있다. 전연 생각지 못했던 가치 있는 좋은 일을 만난 것이다.

읽기와 쓰기를 하면서 알게 된 것이 있다. 노년의 삶에서 가장 중요한 것 중 하나가 삶의 방향을 잃지 않고 가슴에 담고 살아가야 한다는 것이다. 그렇게 되는 데 필요한 것은 목표를 확실하게 세우는 일임을 알았다. '이렇게 살겠다'며 그것을 가슴에 담고 늘 실행해가는 것이다.

목표를 세워 달성해가는 것은 사업을 할 때도 힘들어했다. 하지만 그때처럼 스트레스 받으며 만들어가자는 게 아니다. 노년에 찾아오는 무료함에 빠지지 말고 재미있게 일상을 보낼 수 있을 정도로 소일하게 만들면 되지 않을까 생각한다. 그러기 위해 목표를 갖되 서두르지 말고 조바심을 내지 말고 느긋하게 해가는 거다. 늘 가슴에 품고 있는 정도면 된다고 마음먹는다.

계속하다가 못 이루고 지구를 떠날 수도 있다. 하지만 그것은 그것대로 괜찮다고 생각한다. 목표는 무엇을 이루어내겠다는 것이다. 도전이라고 볼 수 있다. 도전은 말 그대로 성취해가는 것이다. 거기엔 스릴도 있게 마련이고 자잘한 재미도 있을 것이다. 이 얼마나 즐거운 노년이란 말인가.

일흔다섯에 두 가지를 좋아하게 되면서 일상이 재미있게 바뀌었다. 너무 늦은 공부를 잘 해보려고 하다 보니 목표를 세우게 되었다. 그렇게 지내다 보니 삶에 방향 감각이 생겼고 공부의 몰입도도 깊어졌다. 거기다 규칙적으로 움직이게 되며 부지런해졌다. 여러 가지를 짜임새 있게 할 수 있는 게 너무 좋다. 많은 게 달라졌다. 부족한 지식을 쌓는 건 물론 동기부여까지 생기며 더 열심히 시간을 보내게 되었다. 얇기만 하던 생각과 의견의 정립이 조금씩 두터워지는 것 같다. '목표'가 이 모든 걸 만들어주고 있다.

노년이 노년답기 위해서는 스스로 생각을 바꿔야 한다고 생각하게 되었다. 나이 듦을 어쩔 수 없이 받아들이는 게 아니라 긍정적이고 적극적으로 해나가는 것이다. 생각하고 그리해 보지만 제대로 안 될 때도 많다. 하지만 또 일어나서 계속 도전해간다. 노년이기에 좋은 점들이 많다. 시간은 노년 편이다. 거기에 천착하며 재미와 즐거움을 찾아가는 거다. 가장 필요하고 해야 하는 것이 배움이라고 생각한다. 공부하자는 게 아니다. 전문가가 되자는 건 더욱 아니다. 노년의 삶에 공功을 들이자는 거다. 늘 그렇게 자신에게 이야기한다. 그렇게 지내다 보니 언제부터인지 모르지만 자신을 성찰하고 있는 걸 느끼게 되었다. 놀라운 일이다. 생각이 바뀌면 세상이 바뀐다는 말이 있다. 그것이 변화의 시작이었다. 자기 마음도 보이고 장단점도 알게 되며 주위도 보이기 시작했다.

배우기 위해 계획을 짜고 실행한다. 하지만 경제적 부담이 있을 수 있다. 그래서 주로 대학교나 관공서에서 이루어지는 배움의 터전을 찾게 된다. 평생교육원, 주민센터나 복지관 등에서 운영한다.

대전은 대전시민대학도 있다. 이곳에서 공부가 영글어가고 있다. 적은 비용으로 일상을 문우들과 함께 무료하지 않고 재미있게 만들어가고 있다. 요령 있게 학우들과 함께 공부하고 자기를 계발하며 노년을 성장시켜 갈 수 있음에 감사할 뿐이다.

성찰은 성장

인사동에서 눈에 띈 풍경이다.
가운데 아이를 담은 바구니가 특별하게 보였다.
다른 문화이기에 더 신선했다.
근데 그 무거운 바구니를 꼭 여자에게만 맡기다니?
고연지고….

3 배움의 희열

책을 읽어야 한다고 본격적으로 덤벼든 건 일흔 다섯이 되어서다. 그것은 기적이었다. 나의 모든 일상을 뒤집어 놓았다. 사는 것 같다. 가치가 느껴진다. 머릿속도, 가슴도 바뀌며 새로운 삶이 시작된 것이다.

60대 말에 머리털이 빠지는 게 장난이 아니었다. 별짓을 다 했지만 효험이 없다. 같은 걱정거리로 정보를 주고받던 친구가 울산에 용한 의원이 있다며 가잔다. 날짜를 잡아서 갔다. 주사 두 대 맞고 3개월분 약을 받아가지고 왔다. 복용 1개월이 지나며 털이 나기 시작했다. 가르마 주위를 타고 올라오는 가늘고 뽀얀 아기 털이 너무 예쁘다. 기쁘다. 그러나 그것은 잠시다. 얼마 되지 않아 온몸 여기 저기가 가렵다. 견딜 수가 없다. 다녀온 의원과 상의하였지만 별무 소득이다. 언쟁까지 갔다. 유명한 피부과를 찾아다녔다. 단골 약사 가 걱정스럽게 말한다. "이렇게 약을 세게 드셨다간 몸에 난리 납니 다"라며 걱정한다. 가려움으로 4년 이상 고생하다 할 수 없이 산속 으로 피신해 들어갔다. 몸이 좋다고 즉각 반응한다. 1년 반을 좋은 공기 속에서 지냈다.

산속이다 보니 하는 일이 걷기와 책 읽기가 다였다. 여기서 복덩 이가 하나 굴러들어 왔다. 책을 읽기 시작한 지 얼마 안 되어 나를 놀라게 한 것은 '성공한 사람은 독서를 많이 한다'는 공통점을 갖고 있다는 것을 알게 된 것이다. 바꾸어 말하면 '독서를 많이 하면 성 공한다'는 것이다. '성공!', 살면서 얼마나 몽매하던 말인가. 특별한 비밀을 알아낸 것 같아 가슴이 두근거렸다. 그때 받은 충격이 지금 도 책을 읽게 한다.

읽는 게 너무 느리다. 퀀텀독서법을 배우러 서울로 다녔지만 극 복할 수 없었다. 노년의 속도 그대로다. 기억력도 못마땅하다. 할 수 없이 밑줄을 긋고 읽을 때의 느낌을 책의 여백에 메모한다. 다 읽고 나면 이것들을 독서 노트로 정리 겸해서 옮겨 적는다. 시간을 물 쓰듯 한다. 이것이 앎을 키우는 갸륵한 방법이다. 그래도 돌아서면 하얗게 잊힌다. 할 수 없이 하나 더 추가했다. 아웃풋이다. A4 열 장 정도의 독서 노트 글을 한두 페이지로 줄이는 것이다. 이걸 블로그로 다시 옮긴다. 이렇게 하면서 가슴에서 지적 생명력이 꿈틀거리는 것을 느꼈다.

살아오며 가장 잘못한 일 첫째를 꼽으라면 그건 책을 안 읽었다는 것이다. 이번에 공부하며 알았다. 학창 시절에 시작했어야 할 읽기와 쓰기를 70대 중반에 하게 되다니 너무 늦다. 창피하다. 어렵다. 기억력의 휘발성이야말로 빛의 속도다. 몇 번이나 주저앉았다. 고민도 했다. 포기? 그렇게 해봤지만 잘하는 일이 아닌 것만 같았다. 어쩔 수 없이 다시 매달렸다. 그리고 깨우치게 되었다. '읽는 것은 재미고 즐거움이고 배움이다'라고. 그렇게 생각하고 해내야 한다. 단단히 마음먹고 습관이 들 때까지라며 진득하니 가고 있다. 8부 능선을 넘는 중이다.

더 공부하다 보니 글을 재미있게 쓰려면 지식은 물론 경험도 있어야 한다는 걸 알았다. 나이가 많으니까 그건 많은 편이다. 그러나 지식 이야기가 나오면 맥이 빠진다. 팔십이 내일모렌데 어느 세월에 지식을 채운단 말인가. 까마득하다. 당연히 중간중간에 포기냐 계속이냐로 갈림길에서 방황하곤 했다. 죽기 전에는 가능할까. 아니다. 가능하지 않더라도 그냥 가야 한다. 할 일이 없는 것에 비하면 얼마나 고마운 일인가. 해가는 것만으로도 재미있고 의미가 있다. 목적지에 가지 못해도 괜찮다. 계속 가고 있는 것만으로도 즐거운 노년이 될 수 있다는 것을 알게 되었기에 감사할 뿐이다.

나이 들어 가장 좋은 것 중의 하나가 시간이 많다는 거다. 사업을 할 때는 일구월심 사업에만 매달릴 수밖에 없었다. 실력이 부족한 데다 자빠지지 않으려니 어쩔 수 없이 그것만을 붙들고 매달려야 했다. 업을 놓고 나니 시간이 많아졌다. 여유롭다. 그 시간을 독서, 글쓰기, 자기 계발, 취미, 여행 등 그 어디에 쓰든 마음대로다. 어디에다 어떻게 쓰든, 훨훨 자유로운 것이다. 이 기쁨은 나이 든 사람만이 가질 수 있는 노년만의 특권이지 싶다.

책을 읽으며 어렴풋이 의문이 왔다. 책을 읽으면 자기를 변화시킬 수 있지 않을까 하는 생각이 든 것이다. 맞을까, 아니면 틀릴까? 만약 맞는다면 읽기에 매달리고 싶다. 돈을 벌겠다든지 훌륭한 사람이 되겠다든지 하는 게 아니다. 늦었지만 학창 시절에 등한히 한 앎을 채워서 마음에 드는 '나'를 만들겠다는 절절함 때문이다.

책을 읽는 것은 앎을 키우는 것이다. 그것은 경험과 합쳐지며 지혜가 되기도 한다. 통찰력이 될 수도 있다. 그래서 그럴까? 읽기를 하며 쾌감을 느낄 때가 있다. 즐거움도 만난다. 전에는 몰랐던 배움의 희열이다. 어디에서도 얻을 수 없었던 이 고귀함, 거기에 더하여 '나'를 만들어가며 얻게 되는 뿌듯한 마음이 어떤 경우엔 황홀하게 만들기도 하는 것이다. 노년이 아니었으면 얻을 수 없었을 이 기쁨은 '읽기'가 뿌리인 것 같다. 독서야말로 노년을 즐기며 갈 수 있게 하는 만병통치약이다.

4 흔들흔들 건들건들

은퇴하고서도 '선택'해야 하는 일들이 여전히 뇌리에서 성업 중이다. 삶은 이런 건가? 가볍고 쉬워졌는데도 여전히 골라야 하는 아리송한 일들이 생기고 있다. 이때 쉬운 방법을 알려주겠다고 혜성처럼 나타난 것이 박웅현의 《여덟 단어》 속의 두 문장이다. 앞의 문장은 '완벽한 선택이란 없습니다. 옳은 선택은 없는 겁니다. 선택하고 옳게 만드는 과정이 있을 뿐입니다.' 후반부에 더 좋은 지혜가 있다. '모든 선택에는 정답과 오답이 공존합니다. 지혜로운 사람들은 선택한 다음에 그걸 정답으로 만들어내는 것이고, 어리석은 사람들은 그걸 선택하고 후회하면서 오답으로 만들죠.'

읽으며 감동이 왔다. 내 처지에 딱 맞는, 무릎을 치게 하는 명언이었다.

군대를 제대하고 곧바로 직업과 배우자를 골랐다. 부모님 가게에서 장사꾼으로 사회생활을 시작했고 배우자도 첫눈에 반해 결혼까지 달렸다. 그렇게 사는 것이려니 하고 있었기에 어렵게 생각할 것이 없었다. 하지만 살면서 보니 직업도 맘에 안 들고 첫눈에 반한 아내와도 티격태격하고 있었다. 이건 아니다 싶어 고민 끝에 무르겠다고 마음을 먹었지만 간단치 않았다. 고를 땐 내 마음대로였지만 꼬일 대로 꼬인 데다 책임도 따르고 있었던 거다. 이러지도 저러지도 못하며 불안스럽게 사는 답답한 나날이 되고 말았다.

앞뒤 분간 못 하고 힘들게 살 때 '순간의 선택이 10년을 좌우합니다'라는 금성사 카피를 만났다. 사회생활의 적응이 매끄럽지 못할 때라 그런지 '선택'이라는 단어가 귀에 쏙 들어왔다. 선택이 그렇게나 중요한가 하는 생각이 설핏 왔다. 모든 게 다 고르는 것인데 뭘 그리 호들갑인가 하는 생각이 들면서도 한편으로는 '선택'이 뇌리에 박히는 계기가 되었다.

다섯 가지 직업으로 살았다. 두 번째까지는 일도 없는 닥치는 대로의 선택이었다. 두려움 없이 선택했다. 아니, 그런 걸 몰랐다. 생활하다 보니 '왜 이렇게 어려운 거야! 잘못 골랐나?' 하는 생각이 들었다. 거기다 내 안에 부정적 사고가 있는 것도 모르는 채 '못된 것!'이라며 가슴과 뇌가 서로 맞잡고 씨름을 해대고 있었다. 같은 일을 가지고도 낮과 밤이 서로 다른 결론을 내며 뒤죽박죽 애만 써야 하는 고통의 수렁이었다. 다행스럽게도 세 번째 직업인 기물 가게를 하면서 생활과 정신이 안정되었다. 높이 멀리 볼 수 있게 된 것이다.

직업을 바꾸는 것엔 위험이 따른다. 하지만 선택만 잘 하면 꿈을 이룰 수 있다는 생각에 제조업을 하겠다고 길을 나섰다. 막상 나서고 보니 다음을 알 수 없는 어렵고 고통스러운 나날들이었다. 이미 배수의 진을 쳤는데 어떻게 하겠나, 맞든 틀리든 선택하며 계속 앞으로 가야 했다. 어떻게 선택하는 게 옳은지 모르면서도 생각하고 궁리해가며 불안과 초조함 속에서 계속 선택하며 앞으로 갔다.

어려서부터 부지런해야 잘 산다는 의식이 있었다. 은퇴할 때까지 그렇게 살았다. 아니 지금도 그렇게 산다. 그것은 양날의 칼이다. 한쪽은 부지런히 움직이도록 만들고 또 다른 한쪽은 제대로 해야한다며 스스로 들들 볶는다. 두 가지가 합쳐져 오늘의 나를 만들었지 싶다. 그 속엔 하늘의 별만큼이나 많은 선택의 순간들이 있었다.

육십 대 초반 위암이 왔다. 궁리 끝에 사업을 끝내겠다고 마음먹었다. 공장 토지와 건물, 각종 설비와 금형, 산더미같이 쌓인 상품과 거래처에 깔린 미수금 등 모든 게 다 돈 덩어리다. 이걸 어떻게 현금으로 바꾸어낼 수 있을지 머리가 딱딱 아프다. 설상가상으로 노년은 어떻게 살아내야 할지, 평생의 노후 자금은 어떻게 마련해야 할지 등 갖은 일들이 얽히고설킨 끝없는 갈등 속에서 선택·해결해야 하는 난제難題들이었다.

인생은 선택의 합이라는 생각이 들었다. 선택의 무게가 가벼운 것도 있지만 무거운 것에는 살얼음판을 건너는 듯한 불안하기 짝이 없는 두려움이 인다. 궁리 끝에 최선이라며 선택하였지만 좋은 결과로 판명이 나기까지는 공포의 나날이다. 그것이 해결되고 나면 또다시 불안한 일들이 찾아오는 것이 제조업의 숙명이다. 덕분에 가슴에 품고 살게 된 금언 진인사대천명盡人事待天命이 있다. 최선을 다해 선택하고 결과는 하늘에 맡긴다는 최후의 갈구 같은 것으로 '잘 좀 되어 달라는 간절함이 송이송이 매달린 기원 덩어리'다. 이 명구를 삼십 년 넘게 가슴에 담고 살았다. 이것이 있었기에 제조업을 계속할 수 있었다. 그러면서도 늘 불안을 안고 사는 괴로운 삶이었다.

흔들흔들 건들건들 지그재그였던 삶이 '지혜로운 사람들은 선택한 다음에 그걸 정답으로 만들어 내는 것'이라는 명구를 만나게 되면서 훨씬 쉽게 일을 감당할 수 있게 되었다. 불안과 흔들림이 사라졌다. 늦었지만 이렇게라도 만난 게 한없이 감사할 따름이다. 이제 초조함 따위는 없다. 최선을 다해 만들어갈 뿐이다.

로또

일본 여행 중 만난 목판조형물.
어려서 들었던 한국 새색시의 자세를 빗대었던 이야기가 떠올랐다.

귀머거리 삼년.
벙어리 삼년.
장님 삼년.
시집살이 석삼년.

어떻게 그렇게 사냐고 생각했던 기억이 있어
아내를 세워놓고 찰칵했다.
지금도 나의 생각은 마찬가지다.
어떻게 그렇게 살 수가 있냐고.

나는 남자로 태어난 것이,
내 아내는 나를 만난 게 '로또'다.

5 천지창조의 오묘한 이치

뒤늦게 공부를 시작했다. 생각해보니 배움에 대한 갈증에서 비롯된 것이다. 생각 없이 막 지내온 삶에서 이제 얼마 안 남은 세월이지만 제대로 만들어내고 싶은 거다. 거기에 공부가 필요하다.

늘그막에 공부를 좋아하게 되었다. 거기에 재미도 붙어 있는 듯하다. 나이 듦을 즐길 수 있게 말이다. 지나치게 싫어하던 공부가 친구처럼 다가오다니 어떻게 이런 일이 다 생길 수 있단 말인가. 무슨 책을 읽어볼까 하는데 《내가 공부하는 이유》가 보인다. 여기선 공부하는 이유를 뭐라고 할지 궁금했다. 읽다 보니 머리에 쏙 들어왔다. '공부를 통해 혼란과 위기가 수시로 등장하는 인생에서 흔들리지 않을 내공을 갖는 것이다'라고 말이다. 공부를 함으로써 지적 수준이 높아지는 것은 물론 삶에서 일어나는 문제와 고통을 이겨낼 수 있는 저력이 확보된다는 것이다.

몰랐던 지식을 알아가는 과정이 쏠쏠하다. 강박관념이나 조바심이 없어져서일까. 공부가 어렵지 않다. 공부하는 마음이 어떻게 이렇게나 달라진단 말인가. 이해가 안 될 정도다. 이 판에 지식을 머리 가득 채워 넣어 지적으로 풍요로운 노인이 되고 싶다. 거기다 더 좋은 건 심심하지 않게 그것이 일거리가 되어 주는 거다.

'내가 공부하는 이유'를 좀 더 들어가 보면 숨기고 싶은 과거 때문이다. 공부가 뭔지, 인생이 뭔지 생각지 않고 살았다. 학창 시절은 말할 것도 없고 사회생활을 하면서도 그랬다. 업業은 감당하기 어려운 일들이 되어 파도처럼 밀려왔다. 그것이 일상이었다. 얽매여 옴짝달싹할 수 없었다. 평생을 이렇게 쫓기듯 살아야 하나라며 어려워했지만 삼십육 년이 지난 어느 날 나름대로 마무리를 지을 수 있었다.

업을 놓고 나니 시간이 많아지면서 서서히 여유가 생기기 시작했다. 바쁘지 않고 여유롭게 좋아하는 일들을 하며 지내게 된 것이다. 자연스럽게 높고 멀리 볼 수 있게 되다 보니 공부가 뭔지, 왜 필요한지, 어떻게 살아야 하는지를 생각할 수 있게 되었다.

공부에는 당연히 영화, 음악, 사진, 여행같이 재미있어하는 것들도 포함된다. 공부라고 꼭 읽고 쓰는 것만을 뜻하는 게 아니라는 생각이다. 삶은 유한하다. 하나에 예속되어 억지로 지내고 싶지 않다. 좋아하는 모두를 아우르며 재미있어하고 즐기며 살다 가고 싶은 거다. 이것이 바로 '내가 공부하는 이유'이다.

사업할 때는 목표를 정해놓고 살았다. 스트레스 속에서 사는 거였다. 그러던 사람이 업을 놓고 시간 부자가 되더니 여유로워졌다. 비교할 수 없을 정도로 편해졌다. 잘하면 좋고 못 해도 좋다. 뭔가할 일이 있다는 것만으로도 그렇다고 생각하게 되었다. 어렵고 힘들게 걸었던 길, 같은 인생길이련만 이제는 어렵지 않게 갈 수 있을 것만 같다는 생각을 하게 된다.

노년이기에 좋은 게 많다. 어깨에 짊어졌던 짐이 점점 가벼워진다. 가정과 가족을 생각하며 참고 비겁해지고 우울해하며 이겨내야했던 사회생활 때문에 얼마나 속을 썩였단 말인가. 그런 것들이 점점 엷어지고 있다. 사람과의 관계도 조건 없이 단출해진다. 모든 얽

매임이 홀가분하다. 자기 생각대로 마음 가볍게 할 수 있게 되는 것이다. 실생활에서도 그렇고 마음으로도 그렇다. 일에 쪼들리지 않는다. 느긋하다. 어떻게 이렇게 될 수 있을까. 노년이기에 이렇게 되는 것만은 확실하다고 생각하게 된다.

이 책을 읽으며 알게 되었다. 이것저것 부족한 노년이어도 풍요로운 지적 생활을 할 수 있다는 걸 느낀다. 공부해야 하는 이유가 뭔지 제대로 생각할 수 있게 되었다. 아울러 노년이기에 얻을 수 있게 되는 천지창조의 오묘한 이치를 알게 된 것이다.

6 / 인품이 드러나는 공부

배움의 소중함을 모르고 재미에 빠져 지내던 학생이 사회인이 되고 보니 보통 문제가 아니다. 행로도 제대로 못 찾는 파도에 밀려다니는 불안투성이의 항해사가 되어 있었다. 침몰하면 끝이라는 생각이 왔고 변화에 부딪히고 적응해가면서 두려움에 떨게 되었다.

사회생활을 시작하고 보니 모르는 것이 너무 많다. 어렵다. 하지만 피하고 싶은 마음이 있더라도 피하면 안 된다는 걸 경험 속에서 터득하게 되었다. 일 속으로 들어가지 않으면 안 된다. 힘들지만 겨으며 지내다 보니 그렇게 해야만 살아낼 수 있는 성장의 씨앗이 잉태되고 자란다는 걸 알게 된 것이다.

어떤 어려움이 닥쳐오더라도 피하지 않겠다며 일에 몰두한다. 안 될 때가 많았지만 즉시즉시 해결해가며 제대로 백 퍼센트가 되도록 궁리해간다. 그것은 끝없는 다람쥐 쳇바퀴 돌리기다. 한심스럽지만 포기 안 하고 계속 돌리다 보니 조금씩이나마 개선되는 쪽으로 간다는 것도 알게 되었다. 어려워도 계속 같은 방향으로 해야 하는 이유다.

학창 시절에 영어회화를 놓쳤다. 재미없고 어려우니까 피했다. 하지만 제조업을 하다 보니 너무 절실한 것이었다. 늦었지만 배워야겠다고 덤벼들었지만 쉬운 일이 아니었다. 이제야 안다. 배움도 다 시기가 있다는 걸. 그래도 해내야 하지만. 뒤늦게 해낸다는 건 하늘에 있는 별 따기만큼이나 어렵다는 것도 알았다. 무엇이든 다 때에 맞게 해야 하는 것이다. 그래야 쉽다.

군 입대를 하면서부터 업을 접을 때까지 별만큼이나 많은 선택을 해야 했다. 덕분에 많은 경험을 해가며 소중한 지혜를 깨우치며 살게 되었다. 사람은 누구나 다 모르는 일에 맞닥뜨리게 마련이며, 또한 두려워 피하고 싶어 하며 각양각색으로 일이나 상황에 부딪히게 된다.

늘그막에 견딜 수 없을 정도로 심한 가려움이 생기는 바람에 어쩔 수 없이 산으로 들어갔다. 완주군 상관면의 편백숲이다. 가려움에 좋다는 편백나무가 숲을 이루는 곳이다. 들어갈 때 직감이 있었다. 어쩔 수 없는 입산이지만 나올 때는 삶에 도움이 될 만한 뭔가를 얻어가지고 나올 것이라고. 바람이기도 했다. 삶에는 어쩔 수 없이 받아들여야 하는 불가피한 상황이 생긴다. 하지만 그 상황 뒤엔 늘 새로운 기회와 성장의 순간이 찾아온다는 것도 경험을 통하여 은연중 알고 있었기에 자연스럽게 뭔가를 바라게 되었다. 일 년 반이 되어 집에 갈 날이 얼마 안 남아 조바심이 일 때쯤 책을 읽다가 알게 되었다. 독서와 글쓰기를 잘할 수 있다는 것을.

일흔다섯이지만 두려움 없이 글쓰기를 시작했다. 하면서 보니 점점 어려워지는 것이 역력하다. 학창 시절에도 안 좋아하던 과목이니 오죽하랴마는, 어떻게 해야 하느냐며 풍랑 속의 배가 되어 뒤뚱거리며 난파 직전까지도 갔다 왔다 하며 오늘에 이르고 있다.

독서의 속도가 너무 느려 읽기를 빨리해야겠다며 퀀텀독서법에 도전한다고 서울을 다녔지만 극복할 수 없었다. 이젠 빨리 읽겠다고 생각지 않는다. 느리지만 생각과 글이 정연하게 정리만 되면 된다고 물러섰다. 글쓰기가 독서보다 더 어렵다는 걸 알았다. 그만둘까 하는 생각이 여러 번이었지만 조용히 다시 생각해보면 그건 더 불편한 노년을 만드는 길이 될 것이라는 생각으로 종결되곤 한다. 할 수 없이 다시 도전하여 고개를 넘어야만 하는 것이다.

변화에 적응해야 하는 것은 노년인 지금도 마찬가지다. 글쓰기를 하며 몇 년이 지나다 보니 생각지도 않은 것을 알게 되었다. 마음속에 있는 정서를 글로 표현하다 보니 그것이 수필이었고 수필 쓰기는 자기의 고백문학이라는 것이었다. 당연히 글을 쓰는 사람의 인품이 드러나게 마련이다. 부족하고 감추고 싶은 것이 밖으로 드러난다. 그렇다고 숨길 수 있는 것도 아니다. 그래서도 안 된다. 생각해본 적이 없는 인품이다 보니 걱정이다. 더구나 인품을 글에 은근히 함유시켜야 한다니 더 조심스럽고 어렵다. 그러면서도 인품이 그윽하게 묻어나는 글을 쓸 수 있게 된다면 얼마나 좋을까 하는 마음이 파도가 되어 가슴에 출렁인다.

7 긴 시간도 순간

70대 초에 《노년의 기술》을 샀다. 읽다 보니 너무 일찍 노인이 되는 것 같은 기분이 들며 흥미를 잃게 되었다. 서가에 밀어놓았다가 이번에 뭘 읽을까 하는데 눈에 들어왔다. 완독했다. 10년 전과는 다르게 마음과 뇌에 들어오는 게 많았다. 역시 다 때가 있다. 깨달음은 노년에 너무 좋은 영양제임을 다시 한번 느낀다.

나이는 늘어가고 있지만 마음은 젊음 그대로 유지하고 싶다. 그러기 위해서 하는 일에 올인해야 한다. 일에 온전히 자기를 융화시켜 가면 된다고 말이다.

공부하면서 알았다. 배움은 커가는 게 보이지 않는데 시간은 너무 빨리 간다. 무던히 마음고생했다. 진도가 빨라야 한다며 막무가내로 덤벼들었다. 막상 그렇게 하다 보니 할 것은 많고 진도는 안 나가고 정말 매미의 맴맴처럼 소리만 크고 진도는 늘 제자리다. 그렇다고 그만둘 수도 없고 고민 또 고민이다. 얼마 전에 알았다. 목표에 닿는다 못 닿는다는 걸 가지고 궁리하지 않는 게 좋다는 것을. 노년의 기간 내내 느긋하게 진행해가는 삶이 된다면 못 닿는 것도 나쁘지 않다는 깨달음이 온 거다.

지금까지 살아오면서 많은 일을 겪었다. 잘한 일도 있고 못 한 일도 있다. 후회스러운 일도 있다. 어떤 날은 후회스럽기만 한 일이 찾아와 자꾸만 마음 아프게 만든다. 지워졌으면 좋겠는데 안 지워지고 또 찾아오는 건 다 사람과의 관계다. 가까운 이웃과의 사이에서 일어나는 미묘한 트러블에 기인한다. 《노년의 기술》을 읽다가 답을 찾았다. 후회스러움을 긍정하고 그때 그것이 나였으며 덕분에 여기까지 왔고 그래서 지금 존재하고 있다며 그런 자신을 사랑하란다. 그것이 후회스러운 일에 대처하는 방법이라고 생각하게 되었다.

사람은 한 번 산다는 의미 있는 말을 읽었다. 노년의 나이 듦은 축복이라는 문장도 만났다. 노년은 그동안 젊어지고 있었던 짐을 내려놓는 시기라는 것도 알았다. 그러면서 생각이 미쳤다. 내 인생의 과정과 임종을 어떻게 의미 있게 연결시켜 마무리하는 게 좋을 것인지? 그래서 '노년의 기술'을 높이기 위해 더 많은 책을 읽고 지식을 쌓고 경험과 융합시켜 통찰을 만들어가야 한다고 마음에 새기게 된다.

평생 할 수 있는 일이 있다니 기쁘다. 공부하여 주위 사람들에게 도움이 되는 글을 쓸 수 있다면 너무 좋겠다. 더구나 그것은 자신을 성찰하게 하고 스스로를 가꾸어가게 할 것이라니 그 이상 고마운 일이 없지 싶다.

노년이 되면서 무엇보다도 반가운 일이 생겼다. 어떤 일을 만났을 때 무심히 관조하는 것이 그것이다. 생각하게 되고 정리하게 되고 마음이 더없이 편안하고 느긋해진다. 이런 상황이 점점 많아지면 좋겠다. 한창때는 도저히 생각할 수 없었던 여유로움이다. 관조하게 되면서, 살며시 오는 이 흡족함! 노년이 아니고는 도저히 맛볼 수 없는 행복감이다.

책을 덮으며 생각한다. 세월의 흐름이 유수와 같다. 삶은 유한한데 점점 빨라진다. 어떻게 해야 노년기를 의미 있게 보낼 수 있을지 생각하게 된다. 나를 나이게 하는 일들을 찾아 거기에 집중해야 한다. 책도 읽고, 글도 쓰고, 재미와 의미도 찾고, 여행도 다니고, 좋아하는 것을 찾아내어 즐기며 가겠다고 마음에 새긴다. 긴 시간도 순간이 될 것이다.

가족

특별했다.
거기다 아름답기까지 했다.
더하여 가족과의 즐거움이 보였고
진한 사랑도 있었다.

8 땅을 칠 일이다

예순둘에 업을 그만둔다고 결정하고 나니 너무 잘한 일이라는 생각에 마음이 들떴다. 어깨에 짊어지고 있던 짐들이 가뿐해지며 덩실거렸다. 이제는 재미있게 즐거운 일만 하며 지내다 가면 된다며 어린애처럼 좋아했다.

배우며 나이 들어야 한다는 생각에 평생교육원에 다니기 시작했다. 배재대, 충남대, 한밭대, 목원대, 한남대, YWCA 등 여러 곳에 다녔다. 배우고 싶은 과목에 따라 찾아다녔다. 노인복지사, 읽기와 쓰기, 디지털 사진, 포토샵, 노인정보화 강사반, 글짓기 지도사, 수

필 쓰기, 문예 창작, 시와 시조, 실버 인터넷과정, 여행과 사진 촬영 등 수없이 많았다.

여러 가지를 배우던 중 자연스럽게 사진에 이끌렸다. 금상도 타고, 사진기자도 되고, 사진작가협회 인증도 따며 훨훨 날았다. 그러던 중 사진 시작 6년이 끝날 무렵 사회적으로 초상권이 대두되면서 좋아하는 사진 '다큐 - 삶'을 담는 게 어려워졌다. 해결하기 위해 여러 가지로 노력했지만 넘질 못했다. 백수가 되고 말았다.

배울 때는 몰랐지만 백수가 되고 나서 과목별로 배운 시간을 체크하다 보니 알게 되었다. 마음에 끌려 배우게 된 것이 크게 사진과 글쓰기 두 가지였다는 것을. 좋아하지도 않았던 글쓰기 계열이 생각 외로 많았다. 사진과 엇비슷하다. 이게 정말 '나'인가? 놀랄 노자였다.

독서와 글쓰기를 잘할 수 있다는 걸 세 해 반 전에 알았다. 이건 십삼 년 전 평생교육원에 처음 다니며 배웠던 과목들이다. 사진이 재미있다는 생각에 별생각 없이 글을 그만두고 사진에 심취했다. 그때 그만두었던 공부, 글쓰기를 중단 없이 계속했어야 했다는 걸 이제야 알았다. 청천벽력 같은 후회스러운 일이다.

생업으로 한 일은 플라스틱 완구제조다. 금형 제작이 생산의 시작이다. 금형은 1밀리미터를 100으로 나눌 정도로 초정밀이다. 막대한 자금을 투입하여 상품을 만들어 소비자 앞에 내놓는다. 상품의 선택과 개발·생산·판매라는 일련의 사이클이 쉴 없이 제자리를 찾아 돌아가야 한다. 이것은 싫으나 좋으나 스트레스의 사이클이다.

그런 업을 운영하다가 그만둔다니 얼마나 좋았을까. 그래서 내뱉은 일성이 "나는 자유다!"였다. 이제부터는 부대끼지 않는 일만 골라가며 재미있고 가뿐하게 살겠다고 신나 했다. 무엇이든 생각나는 대로, 마음먹는 대로였다. 그 가벼움이 사진에만 심취하게 만들었던 것 같다.

2004년 업을 접을 때, 수명은 앞으로 십오 년 정도라고 생각했다. 그러나 수명이 길어지면서 벌써 이 년이나 더 지났다. 아직도 몸은 건강하다. 얼마나 더 살지 가늠이 안 선다. 인간의 수명이 대책 없이 늘어난 까닭이다. 이것이 복이 될까, 화가 될까.

주제넘은 생각이 아닌지 조심스럽긴 하지만 허송한 십삼 년만큼은 더 살았으면 좋겠다. 그 시간에 글쓰기를 채워 넣어 괜찮은 글을 써보고 싶다.

제 3 장

삶

1 노년기 예찬

은퇴하고서도 무거운 짐들을 어깨에 짊어지고 삐걱거리며 살았다. 그런 속에서도 시간은 찰칵찰칵 흘러 내키지 않는 노년기로 들어섰다. 하지만 두려워하던 노년기가 꼭 나쁜 것만은 아니라는 걸 알게 되었다. 오히려 삶에 무거움을 주던 많은 것들이 가벼워지며 가치 있는 것들이 모여들었다.

늙는 것은 약해지고, 부족해지고, 외롭고, 무료해지는 거라며 무엇이든 부정적으로 생각했다. 당연히 겁이 났다. 하릴없어 여기저기 기웃거리며 지내는 노년들을 보며 느낀 정서가 그리 생각하게 만들었다. 업에서 물러나자마자 서둘러 평생교육원으로 달려갔다. 마음에 드는 대로 배웠다. 모르는 노년들끼리지만 같은 관심사를 가지고 소통하며 지내는 재미도 괜찮았다.

평생교육원에서 사진과 컴퓨터로 '배우기'를 시작했다. 두 가지를 배우다 포토샵을 보탰다. 사진편집과 보정을 하는 프로그램이다. 이걸 해보니까 잘못 찍은 사진까지도 마음에 들게 만들어내는 마술 같은 것이었다. 배우며 사진 공모전에도 도전하고, 사진기자로 활동도 하고, 시장 아주머니와 어른들께 영정사진 봉사도 하며 시간 가는 줄 모르며 재미있게 지냈다.

무슨 일을 할 때 너무 좋아 어쩔 줄 모르겠으면 조심해야 한다. 마魔가 끼기 때문이다. 사진을 좋아하며 즐겁게 지내고 있는데 초상권이라는 게 나타나며 남의 삶의 사진을 함부로 찍을 수 없게 되었다. 혼자의 힘으론 어쩔 수 없어 사진을 더 할 수 없게 되었다. 아침에 깨면 '오늘은 뭘 하지…' 하는 신세가 되었다. 목적도 없고 가치도 없이 장장 칠 년을 지냈다.

살아오면서 내 맘 내키는 대로 해본 것이 별로 없지 싶다. 아니다. 했으면서도 쫓기듯 지내다 보니 그런 생각이 드는 것인지도 모르겠다. 이제 모든 걸 내려놓고 나니 가뿐하고 여유롭다. 노년이 되고 보니 무엇이든 자기가 하고 싶은 대로 취향에 맞추어 지낼 수 있다. 노년이기에 행복을 고를 수 있게 된 것이다. 요즘은 나훈아의 〈테스 형〉을 흥얼거리며 트로트에 빠져 있다. 음치지만 그렇게 하는 것만으로도 일상이 즐겁다. 이것이 바로 자기에게 맞추어 살아가는 안성맞춤의 즐거움이지 않을까 생각하게 된다.

건강만큼이나 소중한 것이 돈이다. 모든 것이 돈에 닿아 있다. 하지만 사람마다 주머니 사정은 제각각이다. 어떤 노년은 집에서 막걸리로 아내와 마주 앉아 즐거움을 캔다. 또 다른 노년은 고급 식당에서 격식에 맞추어 와인을 즐긴다. 노년엔 누구나 다 자기 주머니 사정에 맞추어 즐길 수 있다. 잘나고 못나고가 없다. 많고 적고가 아니다. 막걸리든 와인이든 느끼는 감정은 같다는 거다. 값비싼 와인이기에 즐거움이나 행복이 큰 것이 아니다. 여기에 삶의 오묘함이 있다.

날카롭게 각졌던 마음도 많이 유해지고 있다. 사람에게도 그렇지만 일에도 그렇다. 그리고 나니 자신이 편해지는 것은 말할 것도 없고 상대도 좋아하는 게 보인다. 주위와 더 가까워지게 되며 정이 새록새록 커진다. 거리가 느껴지던 관계가 모든 것을 주고받는 사이로 점점 친밀해지고 있다.

《백 년을 살아보니》를 읽다가 한 가지 숙제를 얻었다. 자제력을 키워야 한다. 이성보다는 감성에 이끌리는 편이라 청·장년기에나 할 법한 일을 잘 벌이는 편이다. 나중에야 잘못된 것을 알고 그것을 원위치시켜야 한다며 다람쥐 쳇바퀴 돌리듯 노력하고 있다. 이러느라 애를 쓰며 낭비하는 시간과 혼란스러움을 생각하면 한없이 부끄럽다. 그 노력을 노년의 공부에 사용할 수 있게 된다면 얼마나 좋을까.

어쩌다 보니 일흔아홉이다. 이상한 것은 은퇴 전에 가졌던 노년에 대한 이미지에 비해 너무 좋게 지내고 있다. 궁금해서 한문 사전에서 '노老' 자를 뒤적이다 보니 19가지 뜻이 있다. '늙다'가 제일 앞이다. 다음으로 익숙하다, 숙달하다, 오래되다, 생애를 마치다 등으로 이어진다. 그러면 그렇지…. 노년은 익는 계절인 것이다. 좋아하는 걸 수확하려고 한다면 얼마든지 가능한 시기다.

인생에서 무엇이든 마음먹은 대로 할 수 있는 노년기가 있다는 것이 너무 고맙다. 농부가 여기저기 너저분하게 널려 있는 일들을 간추려 추수하듯이 노력만 하면 어렵지 않게 마음에 드는 일생이 만들어질 수 있다는 걸 느끼게 되었다.

2 내 인생 황금기

이십 대 중반을 넘어서며 생활전선에 뛰어들었다. 내 스스로 시작을 만들어간 게 아니고 부모님 가게에서 장사를 배우며 지내게 되었다. 이렇게 시작된 36년의 사회생활이 인생 1기라고 말하고 싶다.

그 후 어깨에 짊어진 것 없이 자유롭게 살겠다며 생업을 접고 사진을 시작했는데 초상권이 대두되며 중단했다. 백수가 되었다. 이때가 인생 2기로 13년의 기간이다. 돌아보면 2기도 생각 없이 무계획적으로 보냈다는 생각이 든다. 다행스럽게도 그 기간의 말미에 좋아하는 일을 만났다. '독서와 글쓰기'다. 공부를 시작했다. 이때가 인생 3기의 시작이다.

조심스럽지만 요즘 수명으로 보면 구십까지는 갈 것 같다고 헤아려본다. 아직도 십이 년이나 더 남았다. 짧다면 짧다. 하지만 재미있고 즐겁지 않으면 너무 긴 세월이 되지 않을까?

앞으로 12년은 계획적으로 제대로 만들며 살아가고 싶다. 그동안 살아온 것을 들여다보니 짜임새 없이 너무 뒤죽박죽이었다. 이래선 안 된다고 궁리하며 다음과 같이 정리했다. 건강, 부부애, 경제력, 배움, 대인관계 등 다섯 가지로 틀을 짰다. 이것만 잘 만들어내면 남은 생이 괜찮지 않을까 생각하게 된다.

다섯 가지를 각각 A부터 E까지 5등급으로 점수를 매겨봤다. 실체를 좀 더 확실히 알고 싶다는 생각에서다. 건강은 B다. 순전히 부모에게서 받은 유전자 덕분이다. 스스로 건강을 위해 노력한 일이 별로 없다. 그렇게 지내던 중 60대 초반에 위암 수술을 했다. 수술실로 들어가며 '살아서 나올 수 있을까?' 하는 두려움이 생겼다. 저절로 기도가 나왔다. 덕분에 건강의 소중함을 알았다. 그 후부터 건강에 신경을 쓰며 지내는 편이다.

노년의 부부에겐 어느 때보다도 소중한 것이 서로 의지하고 아껴주는 부부애일 것이다. 20대 중반에 만나 연애로 시작해 결혼했다. 한집에서 지내다 보니 마음에 안 드는 것들이 보이기 시작했다. 매일 전쟁이다. A였던 점수가 E의 바닥까지 떨어졌다. 이혼이란 말을 달고 살았다. 하지만 올망졸망한 애들 걱정에 결행하는 게 쉽지 않았다. 티격태격하며 수십 년을 살았다. 육십을 넘어서며 이해하는 마음, 배려하는 마음이 싹트기 시작했다. 그것이 칠십 대 중반이 되더니 찰떡궁합으로 바뀌었다. 삶은 참 묘하다. 이게 나잇값인가. 이젠 없으면 못 살 것 같다. 이혼하지 않은 게 너무 잘한 일이라며 둘이서 머리를 끄떡거리는 요즘이다. 부부애도 B는 줄 수 있다.

경제력도 B다. 조심스럽게 아껴가며 사용하면 자식들에게 손 안 벌리고 살다 갈 수 있을 것 같다. 사회생활 순간순간에 직감으로 선택한 것들이 바람대로 맞아준 덕분이다. 하늘의 도움이 크다.

탈무드를 읽던 중 '세상에서 가장 지혜로운 사람은 배우는 사람'이라는 문장을 만났다, 배움이 이렇게나 소중한가? 그 후부터 읽고 쓰기가 '배움'으로 승화 · 확장되며 더욱 열심히 하게 되었다. 앎을 채우기에는 너무 늦었다는 핸디캡이 있지만 끝나는 날까지 중단 없이 배우다 가면 된다는 마음으로 살고 있다. D였던 점수가 C를 넘어 B를 향해 가고 있다. 그리되도록 계속 도전해갈 것이다. 굳이 도전이라고 표현하는 이유는 '도전은 몸과 정신을 활기차게 만든다'는 것을 책에서 읽고 느낀 바가 있기 때문이다. 배움이 사람을 바꾸게 하나 보다.

마지막 항목이 사람 관계다. 소심했다. 아니다, 지금도 그렇다. 만남과 소통이 매끄러운 편이 아니다. 특히 마음에 안 드는 사람, 부담스러운 사람, 처음인 사람을 만나게 되면 어떻게 해야 할지 몰라 헤매는 편이다. 또 있다, 욱하는 성미다. 잘 참다가도 마음에 안 들면 터진다. 오랫동안 사진 활동을 함께 한 교육자 출신의 한 분이 말했다. "어떻게 그런 성격으로 사업을 하셨어요?"라고. 나는 사람에 따라 달라지는 그의 이중적 잣대를 싫어했기에 이중 잣대에 대해 직사포를 날린 적이 있다. 그게 그렇게 말하게 했나? 매끄럽지 못한 것, 욱하는 것만 끊어낸다면 사람 관계도 B를 줄 수 있을 것이라고 생각해본다. 아닐까, 욕심인가.

다섯 항목이 다 B가 된다면 마음에 드는 인생 3기가 완성되는 것이지 않을까 욕심을 부려본다. 그동안의 잘못도 묻을 수 있다고 생각하게 되니 너무 감사하다. 더 욕심 안 부릴 거다. 어려울 수밖에 없는 것이 인생이기에 실수하며 고치며 계속 갈 수밖에 없다. 그렇게 B를 향해 갈 것이다.

간절한 마음이 하늘의 빛을 제대로 받아서 바라는 대로 만들어
지게 된다면 '내 인생 황금기'였다고 내보일 수 있게 되지 않을까
하고 간절히 생각하게 된다.

황금기

코스모스 황금기!
일생 중 제일 화려한 때.
도시를 내려다보는 맛도 좋았겠지.
저 멀리 쌍둥이 빌딩도 보이네.
축하한다!

3 　탐색의 연속

삼 년 반 전에 '글쓰기'를 좋아한다는 걸 알았다. 백수를 면하게 된다는 것이 너무 기뻤다. 덕분에 어려움이 많았다. 가장 어려운 게 눈, 시력의 문제다. 일에 매달리면 몰입하는 성미라 자신도 모르게 읽고 쓰는 게 하루의 일과가 되었다. 좋아하는 것이니까 제대로 해보고 싶다는 마음도 한몫하며 눈에 어려움을 보태었다.

많은 시간을 읽고 쓴다. 노년에 지나치다는 생각이 들지만 무언가를 배워가는 매력에 빠져 계속하고 있는 중이다. 읽다 보면 얼마 안 되어 읽기가 어려워진다. 시력 난조 때문이다. 글자뿐만 아니라 보이는 문자를 포함한 페이지 전체가 희미해진다. 글자 사이로 대각선으로 빗금까지 생기며 더 읽을 수 없게 된다. 눈을 감고 쉬기도 하고, 허공을 두리번거리기도 한다. 눈의 휴식이다. 조금 지나 다시 시작한다. 한 시간도 안 되었는데 또 쉬어야 한다. 공부에 방해가 되는 정말 귀찮은 훼방꾼이다.

몸에 병이 생기면 친구들에게 자랑한다. 같은 또래이기에 답이 마음에 드는 경우가 많다. 약국도 가고 의사도 찾아다닌다. 다녀오고 나서 또 이야기한다. 아리송한 하소연을 자꾸 하게 되나 보다. 답이 간단해졌다. "그러다 너 장님 된다!" 공부가 취미가 되었다고 신기해하던 친구들이 그것은 아니라고 최후통첩인 양 내뱉은 말이다.

나이 들어 자기가 좋아하는 걸 할 수 있음은 축복이다. 좋아하는 것도 모르며 살다 가는 삶이 우리 아닌가. 어쩌다 보니 좋아하는 공부가 눈을 많이 사용해야 하는 것일 뿐이다. 이걸 하면 시간이 잘 간다. 재미있고 즐겁다. 더 고마운 것은 어떻게 지내야 바람직한 노년의 삶인지 알게 되는 것이다. 성찰은 물론 하루하루가 새로워지는 삶이라니… 이보다 좋은 노년이 있을까.

시력 때문에 너무 어려우니까 공부를 중단해야겠다는 생각이 들기도 했다. 그냥 세월아 네월아 하며 적당히 지내면 된다. 그것도 한 삶이니까. 그러나 마음에 안 들어 그렇게 못 했다. 좋아하는 걸 알았는데 어찌 모르는 척한단 말인가. 시력만 괜찮다면 계속하고 싶다.

부모님 두 분은 피난 내려와 장사꾼이 되었다. 전업주부였던 어머니는 가게를 꿰차고 빈틈이 없다. 반면에 아버지는 대충대충이다. 가게에서 다리를 건너면 네거리 모퉁이에 다방이 있었다. 아버지가 안 보이면 거기엘 가면 있다. 옆에 앉은 레지에게도 쌍화차다. 손을 만지작거리다가 내 눈에 띄기도 했다. 어머니가 생각나며 화가 났다. 그 영향일까? 그런 일에는 근처도 안 간다. 그것이 나를 노년에 공부하라고 시켰는지도 모르겠다.

좋아하는 일을 하는데 어떤 이유에서든 겁을 먹고 미리 피하는 건 마음에 안 든다. 의술 좋은 요즘인데 왜 미리 물러선단 말인가. 문제가 생기더라도 끝까지 가야 한다. 가다 보면 장님이 된다는 데까지 가게 될 수도 있다. 정말 장님이 된다면 어쩔 수 없이 포기할 수밖에 없다. 그렇더라도 거기까지 가보고 포기를 해야 후회하지 않는 삶이 될 것만 같다.

공부와의 씨름이 아니라 시력과의 싸움이다. 자나 깨나 '눈'이

문제다. 읽고 쓰기 위해서 어떻게 시력을 보호할 것인가 하는 것이 지상과제가 되었다. 시력을 잃지 않도록 많은 방법을 사용하고 있다. 친구 중에는 뭘 하러 그렇게 어렵게 사느냐고 말하지만 내 생각은 전연 다르다. 뇌를 변화시키고 앎을 살찌우는 배움을 어떻게 포기한단 말인가. 시력만 괜찮다면 궁리하고 모색하며 계속 갈 것이다.

처음엔 손바닥을 비벼 따뜻하게 된 손으로 살포시 눈을 감싸 쥐곤 했다. 동시에 영양제 복용도 시작했다. 한 가지로 도움이 되지 않아 두 가지나 복용한다. 그래도 안 되니까 한 가지 더 복용하려고 하니까 약사가 말린다. 더 쓰는 건 맞는 방법이 아니란다. 생각 끝에 궁리해낸 게 결명자차다. 눈이 편해졌다. 상시 음용한다. 눈의 피로가 훨씬 늦게 온다. 안경도 더 좋게 바꿨다. 그러나 언제나 같다. 시력의 난조에 부딪힌다. 또 방법을 찾는다. 내 방엔 녹색 비닐로 만든 기다란 버들잎들이 사방에 걸려 있다. 눈이 피로하다 싶으면 그것들을 본다. 눈이 피로를 안 느끼는 색이 녹색이라는 걸 알고 궁여지책으로 만들어낸 방법이다. 눈 안구를 상하좌우로 굴리며 사물의 모서리를 쳐다보는 것도 자주 실행하는 방법이다. 효과가 있다. 다시 난조다. 또 찾는다. 그래서 만난 게 시력보호안경인 아이비전과 안구 운동기구인 아이존이다. 시력 보호에 유용한 도구들이다. 눈의 피로가 풀리는 게 느껴질 정도로 효과가 빠르다. 이런 방법들을 만나는 건 눈물겨운 탐색의 연속이었다. 어렵더라도 공부를 할 수 있으니 감사할 뿐이다.

   늦게 배운 도둑질 날 새는 줄 모른다는 말이 있다. 남들은 공부라고 생각하지만 정작 나에게는 공부가 아니다. 좋아하는 일을 즐기는 것일 뿐이다. 고맙게도 시력을 관리해가며 읽고 쓰기를 계속하고 있다. 이런 진행형이라면 더 이상 바랄 게 없다.

4 일등이 된 사연

우리 가족은 개를 좋아한다. 단독주택에 살았을 때는 아버지께서 여덟 마리를 키운 적도 있다. 부모님 돌아가시고 가장이 되어 아파트로 이사하면서 한 마리가 되었다. 수없이 맺은 개들과의 인연이 많지만 그중 한 마리가 더 특별하다. 아파트로 이 사를 하며 인연을 맺게 된 '해피'다. 해피가 어릴 때 병치레를 겪었 는데 중년이 되며 또 피부병이 왔다. 병원 입원 끝에 살아 돌아왔 다. 병 회복 후 녀석의 행동이 달라졌다. 개가 그냥 개가 아니었다.

하얀 털이 복슬복슬한 몰티즈다. 어른 주먹 두 개만 한 게 꽤나

앙증맞고 귀여웠다. 두말없이 데려왔다. 그런데 이게 웬일이란 말인가. 집에 오고부터 병치레가 시작됐다. 약을 달고 산 건 말할 것도 없고, 사흘돌이로 병원행이다. 돈도 돈이지만 이러다 죽는 게 아닌가 하는 두려움까지 생기며 마음을 아프게 했다. 그때를 생각하면 지금도 마음이 아리다. 그런 해피가 6개월이 지나며 내가 언제 그랬냐는 듯이 탁탁 털고 일어났다. 정말 고맙고 귀여웠다.

하루 종일 복슬복슬한 털을 휘날리며 종횡무진 발발거린다. 식구들이 어디 갔다 오면 재롱에 정신이 없다. 자기에게 왜 관심이 없냐고 애교를 떤다. 나 여기 있다고 바지를 물고 뜯는다. 안아 주지 않고는 못 배긴다. 할 수 없이 들어 올리기라도 하면 뽀뽀하자고 핥으며 덤벼든다.

여행을 다녀왔다. 1층에서 엘리베이터를 타기도 전에 3층의 해피가 짖어댄다. "어 해피가 짖는다." 그것을 아는 식구들도 청력이 좋다. 거리가 있는데 어떻게 교감이 될까. 다섯 식구가 들어가면 반갑다고 물고 빨고 뜯는다. 이런 경험을 몇 번 하며 알았다. 해피가 좋아하는 순서가 있다는 것을. 첫째가 아내, 둘째가 딸애, 셋째가 작은아들, 넷째가 큰아들, 그리고 다섯째, 꼴찌가 나다.

해피에게 가장 맛있는 먹거리를 주는 게 아내다. 다음이 딸애다.

두 사람이 주는 건 인스턴트식품으로 건강에 안 좋다. 먹거리를 못 주게 하는데도 안 통한다. 어쩌다 나에게 들키기라도 하면 목소리가 '버럭'이 된다. 이런 때는 해피도 슬며시 꼬리를 내리고 비켜선다. 분위기 파악이 빠르다. 작은아들은 해피를 안고 배를 살살 긁어주는 바람에 3위가 되었다. 우리는 이 순서로 해피에게 환영받으며 살았다.

해피가 중년을 넘어서며 또 병이 왔다. 안 좋은 식품을 달고 지내더니 피부병이 온 것이다. 약 바르는 것으로 안 되어 주사를 맞혔다. 낫지 않으니까 치료 방법도 세지고 병원도 전전했다. 안 줘야 하는 걸 준 죄도 있으니 열심히 병원을 돌던 아내가 손을 들었다. '도저히 더 못 하겠다'였다. 가족회의 결과 그래도 살려야 한다고 의견이 모아졌다.

사업은 말할 것도 없지만 가정에서도 어렵거나 아리송한 일은 내가 개입해야 끝이 난다. 이제 내가 나서야 한다. 수도 없이 전화를 돌려 고칠 수 있다는 병원을 찾아냈다. 반가워 서둘러 갔다. 병원에 갈 때는 나와 아내, 딸 셋이었다.

해피를 보이니 원장이 이곳저곳 체크하며 묻는다. 병이 생겨 고생한 이야기를 아내가 자세히 한다. "병을 너무 키웠네요"로 시작하여 한참 상담을 했다. 치료가 가능하고, 40일 입원을 해야 하며 치료비가 백만 원이란다. 몸값의 서너 배다. 생각지도 못한 일이고 비용이었다. 어렵게 찾아낸 병원이기도 하고 더 찾아다닐 엄두도 안 났다. 할 수 없이 그렇게 하기로 했다. 입원시키고 해피를 두고 나오는데 창살에 갇힌 그 눈빛은 기가 죽어 절망을 표현하고 있었다. 마음이 아팠다. 어떻게 발광도 떨지 않고 가만히 있을까. 의사 앞에선 그렇게 되나.

궁금하여 10여 일 만에 또 갔다. 온몸에 털이 한 올도 없다. 치료한다고 싹 깎았다. 거기다 약을 발라 온 거죽이 시퍼렇다. 살까지 빠져 휑하니 반송장이다. 창살 너머로 말없이 나누는 해피와의 눈빛 교환이 처연하다. 얼굴을 만져주며 "힘들지? 그래도 이겨내야 해! 또 올게"라며 돌아서는데 발길이 안 떨어진다. 해피가 눈물이 그렁그렁한 것만 같다. 입원 40일 동안 세 번 갔다. 귀여워하던 식구들은 한 번도 안 갔다.

손꼽아 기다리던 퇴원 날이다. 그날도 나만 갔다. 원장은 결과가 좋다고 미소를 띤다. 다행이다. 퇴원 수속을 마치고 해피를 데리고 나와 조수석에 눕혔다. 내 마음을 안다는 듯이 가만히 있다. 함께 가는 것만으로도 안심이 되나 보다. 그렇게 집으로 돌아왔다. 정이 뭘까. 살아 돌아왔다는 것만으로도 고마울 따름이다. 문이 열리니 아내와 딸애가 기다리고 있다. 내려놓으니 반갑다고 난리다. 아플 때 안 온 섭섭함도 잊었나 보다. 아니 모르나 보다. 몸을 흔들며 반갑다고 갖은 방정을 다 떤다. 욕실로 데리고 들어가 꽃단장을 시켰다. 그렇게 다시 한 식구가 되었다.

피부병 원인은 인스턴트식품이다. 이젠 안 준다. 털이 2부 갈이, 3부 갈이로 자라며 옛 모습으로 돌아왔다. 하는 짓과 귀여움도 예전과 같아졌다. 그러나 달라진 게 하나 있다. 나와 같이 자겠다고 한다. 그렇게 했다. 그런데 내가 잘 수가 없다. 해피가 코를 골기도 하고 꿈을 꾸며 내는 신음 소리에 내가 잠을 설치게 되는 것이다. 함께할 수 없어 내보냈더니 아침이면 문 앞에서 턱을 괴고 기다린다. 더 이상한 것은 외출이나 여행을 다녀오면 해피의 환영 서열 순위에서 내가 1등이 된 것이다.

그러며 생각이 났다. '해피만도 못한 두 인간'이. 말할 수 없이 가까운 사이였다. 어떻게 나의 은혜를 원수로 갚을 생각을 했을까? 돈 때문이었나? 아니면 다른 무엇이 있었나? 아무리 이해하려고 해도 이해가 안 간다. 그러나 불쌍하다. 재산 한 가지만 봐도 다 잃었다. 더구나 살 곳도 시골로 쫓기듯 옮겨야 했다. 그런 것을 보며 생각이 미친다. 선행과 악행에 대한 우주의 준엄한 법칙과 채찍이 있다는 것을. 누구도 벗어날 수 없다.

해피는 병원생활이 너무 어려웠나 보다. 그때 자기에게 해준 고마움을 안 잊으며 평생 나를 자기 반열의 첫째로 꼽고 살다 갔다. 보고 싶다.

가위바위보!

가위바위보로 한 계단씩 오르기다.
큰 손자가 일등.
할매가 꼴찌.
캄캄한 옛날인데도 여전히 좋다.
사진만으로도.
ㅋㅋㅋㅋㅋ……

5 잘 살다 간다,
고맙다, 안녕

죽음이 뭔가 관심을 갖게 된 것은 십 대 중반 때 외삼촌 집에 갔을 때다. 외할머니께서 방에다 똥을 싸고 그것을 방 바닥은 물론 벽까지 매대기를 치시는 것을 보고부터다. 그 광경과 냄새는 지금까지도 잊히지 않을 만큼 충격적이었다.

사십 대 때 친구 아버지 병문안 갔을 때 일이다. 방 한가운데에 덩그러니 길이 200cm에 폭 80cm 정도의 목재 사각 틀 안에 아버지가 반듯이 누워 있다. 모든 게 깔끔하다. '살아계신 건가, 아니 살아계시겠지?' 잠깐 묵도를 하고 슬며시 내려다봤다. 기척이 없다. 이렇게 계신 지가 오 년이란다. 돌아가시지 않고 목숨만 붙어 있는 거다.

내 아버지는 이상하게 돌아가셨다. 예순일곱 살의 어느 봄날 저녁에 마당에 있는 연못가에서 숯불에 삼겹살을 구워 소주 한 병을 드시고 기분 좋게 잠이 드셨다. 그런데 아침에 못 일어나셨다. 뇌출혈로 인사불성이 된 것이다. 병원으로 옮겨졌다. 중환자실에서 한 달을 연명하다 깨어나지 못하고 하늘나라로 가셨다. 황망했다.

평소 죽음에 대해 관심이 있었기에 《엄마…… 엄마…… 엄마!》를 읽었다. 이 책은 자살을 결심한 엄마와 엄마가 임종할 때까지 함께한 세 딸과 가족들의 이야기이다. 일흔다섯 살의 엄마는 이십 년이나 된 파킨슨병을 비롯해 적지 않은 여러 가지 병으로 불편하게 살다가 결국은 '고생스럽게 살 수 없다'고 죽어야겠다고 결심을 한다.

여러 가지 방법을 모색하다가 선택한 방법이 '곡기를 끊는다'였다. 자살은 안 된다며 말리던 세 딸과 티격태격도 있었지만 결국은 엄마의 의지가 관철된다. 인정하고 엄마를 떠나보내는 과정을 막내딸조 피츠제럴드 카터이 소설형식으로 촘촘히 써 내려간 기록이 바로 이 책이다.

곡기를 끊고 죽음에 이르는 12일이 일상처럼 읽힌다. 특히 죽음이 왔을 때 어떻게 떠날 것인지 알려주는 것 같은 깨우침이 있어 좋았다. 자기 의지가 중요하다. 죽음은 사람답게 살다가 품위 있게 떠나야 하는 마지막 길이다. 자식들도 장례를 지내고 나서 어머니 의

도대로 보낸 것이 잘한 일이라며 다행으로 여기게 된다.

죽음은 사람 마음대로 하는 게 아니란다. 그렇게 하는 것은 하늘의 뜻을 거역하는 거란다. 하늘의 처분대로 삶을 살다 가는 게 도리란다. 나는 머리를 가로젓는다. 더 합리적인 방법을 모색해야 한다고. 여한 없이 살았다고 생각이 들 때 미련 없이 떠나야 한다고 마음을 먹는다. 생의 존엄성을 파괴하고, 주위에 고통을 주고, 어수선하게 만들며 떠나는 건 바람직한 죽음이 아니라는 생각이다.

사람은 태어나고 성장하고 노인이 되고 병을 얻어 죽음을 맞는다. 자연스러운 인간의 삶이고 여정이다. 요즘은 많은 이들이 요양원에서 연명하다 떠난다. 문제가 있다. 지구를 떠날 때까지 부지하세월이다. 이렇게 사는 게 천수를 누리는 건가? 남들이 하는 것이니 따라 해야 하나? 아니다. 그렇게 하는 건 떠나는 사람이나 자손들이나 다 할 짓이 아니다. 의식이 있을 때 임종을 맞으며 "잘 살다 간다. 고맙다. 안녕"이라며 맑은 정신으로 헤어져야 한다.

살다가 자기가 의도한 대로 떠난 사람들이 많다. 백 세에 맞춰 하늘나라로 간 스콧 니어링은 미국 출신의 경제학자이자 평화주의자다. 산업자본주의가 인간의 삶을 허망하게 만드는 원인이라 파악했고, 자연으로 돌아가 단순한 삶을 살면서 타락한 인간성을 회복하고자 노력했다. 백 세에 스스로 곡기를 끊고 죽음에 이르렀다.

《감옥으로부터의 사색》을 저술한 신영복 성공회대 교수도 흑색종의 피부암을 치료하다 상태가 악화되자 퇴원해 집에서 운명하였다. 10여 일간 곡기를 끊었다. 마지막까지 의식이 있었고 밝은 표정으로 세상을 떠났다.

책과 인터넷을 통하여 현인들이 어떻게 떠났나 하는 것을 읽게 되었다. 사람답게 살다 품위 있게 떠날 수 있다는 걸 알았다. 그분들의 공통점은 죽음의 때를 찾고 자기에게 맞는 방법을 생각해두었다가 의지력으로 관철시킨 것이다. 죽음이 다가왔다고 인식하게 될 때, 두려움 없이 받아들이도록 하는 거다. 평소에 생의 마무리를 잘할 수 있도록 정리하여 둔다. 집에서 운명한다. 곡기를 끊고 단식으로 임종한다. 인위적인 처치 등 생명 연장을 거부한다. 직계가족과 편안하게 이별한다. 이것이 삶에서 마지막으로 택해야 하는 성스러움이다.

생각이 다른 사람들은 반인륜적인 행위라고 볼 수도 있다. '인도적 행위'의 기초적 전제는 생명 존중이기에 그렇다. 이런 점들을 고려하면 조심스럽다. 그러나 내 생각은 확고하다. '언제 곡기를 끊을 것인가'는 딱 한 번으로 선택·결행되어야 한다. 그러기 위해선 평소의 생활이 순수하고 정직하고 부끄럽지 않아야 할 것이다. 그렇게 살아갈 때라야 마지막에 후회 없이 결행할 수 있고 편안하게 떠날 수 있을 것 같다.

임종하면 장례식장으로 옮길 수 있다. 당일 장례도 좋다. 가족장이다. 조문객은 받지 않는다. 직계 이상으로 가까운 분이 있다면 예외로 할 수 있다. 친인척을 비롯하여 알려야만 할 곳이 있다면 떠나는 것을 '부고장'으로 대신하면 된다.

제4장

경험

1 나트랑 삼천지교

'합리적 사고와 실용적 사고야말로 인격에 더해 갖추어야 할 덕목이다.' 베트남에서 군 생활 중 미군 부대에 근무하면서 자연스럽게 그들과 어울리며 체득했다. 한국에서 못마땅해하며 속을 부글부글 끓이던, 어른이나 선배들의 권위와 근엄함에 대한 반작용이었을 것이다. 어찌 되었든 그들의 언행이 합당하고 신선하다는 느낌이 내 사고에 깊이 뿌리를 내렸다.

제대가 얼마 안 남았을 때 파월 장병으로 베트남엘 가겠다고 자원했다. 그곳에 가면 뭔가 색다른 경험을 할 수 있을 것이라는 직감 때문이었다. 주특기만 제대로 찾아간다면 전투병이 아닌 기술병으로 다녀올 수 있을 것이라며 두 눈 딱 감고 결행했다. 그것이 적중하여 파월 장병 중 인쇄 주특기를 가진 단 한 명의 요원으로 파견될 수 있었다.

베트남의 중부 해안 도시 나트랑에 미군 보급부대가 있다. 대단히 크다. 부대 안에 있는 내 인쇄 작업장은 큰 컨테이너의 삼분의 일 크기다. 그 안에 자동 시스템인 인쇄기와 제판기, 재단기를 비롯한 설비와 각종 자재가 올망졸망 놓여 있다. 밖은 사십 도 전후의 기온이지만 안은 스위치만 켜면 자동으로 온도조절이 되는 시스템이다. 개인 냉장고도 있다. 모든 시설은 작업자가 편리하게 근무할 수 있도록 최적화되어 있다. 한국에서는 볼 수 없었던 시설이고 짜임새였다.

혼자만의 작업장에서 작업지시서에 의해 자기만의 생각으로 작업한다. 인쇄기에 필요한 종이와 잉크를 장착하고 스위치를 올리면 인쇄가 시작된다. 찰칵찰칵 돌아가는 소리가 리듬을 타듯이 부드럽다. 몇 장을 찍겠다고 지시해놓으면 거기서 멈춘다. 그동안 한국에서 만지던 것들과는 비교가 안 될 정도로 작고 우수하다.

찰칵찰칵 인쇄기가 찍어내는 인쇄물은 전단지다. 일명 삐라다.

자유민주주의와 정부가 옳다고 외치고 있었다. 정말 믿거나 말거나이다. 이것을 사상이 불량하다고 찍힌 곳이나 베트콩 지역에 살포한다. 미군들과 지내며 색다른 경험 속에서 일 년을 지냈다.

미군 부대에 얹혀 지내던 심리전대 소속 한국군 사십여 명은 자기 막사를 손수 짓도록 명받았다. 미 공병대에서 막사를 지을 자재를 수령해왔다. 너무 이상했다. 목재와 볼트 너트와 도면이 전부다. 재단된 목재를 크기와 용도별로 구분하고 도면대로 볼트 너트로 끼워 맞추기를 하면 건물이 만들어지는 구조다. 레고블록 맞추기처럼 말이다. 예상은 했지만 다된 건물은 우리를 깜짝 놀라게 했다. 한 층이 칠십 평 크기인 이 층 건물이 세워진 것이다. 자신들이 해놓고도 우리는 입이 떡 벌어질 만큼 놀랐다. '아니, 이걸 우리가 지었단 말인가?' 우리는 그렇게 막사를 갖게 되었다.

아침 여덟 시면 일과 시작이다. 모이는 걸 싫어하는 나는 조회에 나가지 않으려고 뺀질거린 적이 있다. 병적인가? 학생 때처럼 이상한 짓거리를 했다. 건기乾期의 아침 불볕이 내리쬐는 날의 조회시간이었다. 조회에 안 나가겠다고 2층으로 피신해 조회 서는 것을 몰래 내려다보고 있었다. 옆 미군 행정반 요원들은 여덟 시가 안 되어 다 모였다. 정각에 인원 보고가 이루어지고 곧바로 헤어져 각자 자기 근무처로 흩어져간다. 우리는 아직 반도 안 모였다. 여덟 시 오

분이 넘어서야 겨우 인원 보고가 이루어졌다. 충격이었다. 어디에 문제가 있는 걸까? 이제라도 나가야 하나? 어차피 뺀든 칼, 끝까지 안 나갔다. 그래도 잘못한 게 있으니 지켜보고 있었다. 이 상황에 놓이면서 많은 생각이 들었다. 삶에 대한 태도를 바꾸게 되는 계기이기도 했다.

미군 부대 내에는 PX가 세 군데나 있다. 하나의 크기가 테니스 코트장만 하다. 한 면은 전부 매대다. 그 앞으로 테이블이 쭉 놓여 있는데 원형과 계란형, 사각형으로 크기도 제각각이고 다채롭다. 술을 마시러 다니다가 미군들과 자연스럽게 어울리게 되었다. 가족이나 애인 사진을 교환해 보기도 하면서 친구처럼 가까워졌다. 이렇게 지내면서 잘하면 공짜로 '영어 회화를 배울 수 있겠다'는 생각이 들었다. 그 핑계로 더 자주 어울리며 그들의 문화에 동화되어 갔다.

한 달에 한두 번씩 세계 각처에서 쇼단들이 와서 공연도 한다. PX 이익금으로 마련하는 거란다. 마릴린 먼로를 닮은 무희들의 교태와 노래와 춤, 신나게 두들겨대는 밴드 가락은 병사들을 미치게 하는 데 충분했다. 우리는 그렇게 흥분하며 신나 했다. 공연 중에 쇼와 어울리는 미군들을 보면 우리와 너무 달랐다. 지나치게 광적이다. 무대 아래는 말할 것도 없고 위에까지 넘나들며 기분을 맘껏 낸다. 한국군은 그런 일이 없다. 줄을 맞춰 나란히 앉아 박수를 치며 어깨만 들썩거릴 뿐 얌전하기가 이를 데 없다. 같은 걸 보는데도 둘은 너무 차이가 났다.

그러던 어느 날이었다. 쇼 공연 중에 베트콩이 쏘아대는 박격포탄이 날아오기 시작했다. 방공호로 뛰는데 머리 위에서 쌕쌕거리며 포탄이 따라온다. 혼비백산이었다. 이때도 달랐다. 미군은 부처별로 신속하게 대처를 하는데 우리는 우물쭈물하다 뒤늦게 마구잡이로 방공호로 뛰는 게 고작이었다. 왜 다를까? 이때 느낀 게 그들의 자유분방함에서 나오는 질서정연함이었다.

박격포탄 사건 때문에 내무반 주위를 따라 모래주머니로 벽을 쌓게 되었다. 우리 내무반과 옆의 미군 내무반에 분대별로 모래주머니가 부대원에 맞게 배당되었다. 당연히 우리가 먼저 끝낼 줄 알았는데 미군이 먼저 끝냈다. 우리가 늦다니 이해가 안 간다. 이유가 뭘까 곰곰이 생각해 보니 이유가 있었다. 그들은 작업에 빠지는 자가 없는데 우리는 열외 자가 있다. 일개 분대를 가지고 이야기하면 이렇다. 분대장이라고 빠지고 부분대장이라고 적당히 빈둥댄다. 이것이 우리가 미군보다 늦게 되는 이유였다.

저녁 식사를 끝내고 우두커니 앉아 있는데 양주를 한 병 든 미군이 터덜터덜 내무반으로 들어왔다. 영화배우 존 웨인만 했다. 나이도 큰형 이상이었다. 한국전쟁 때 참전했었다며 한국군이 보고 싶어 왔단다. 이런 일도 있나? 6·25가 언젠데 아직도 군대에 있다니 이상했다. 장교였던 그는 강등되어 사병으로 근무 중이었다. 침대에다 술상을 벌였다. 관심이 있는 예닐곱 명이 둘러앉아 이야기를 나눴다. 다행히 영어를 하는 전우들이 있어 그럭저럭 소통이 이루어지는 편이었다.

베트남에서 생소하거나 한국문화와 다른 상황을 많이 만났고 경험했다. 그것은 나이테가 되어 뇌에 차곡차곡 쌓였고 사회생활을 앞두고 있던 내 사고방식에 영향을 주었다. 그들과 어울리게 되며 생각했다. 왜 이들은 우리보다 발전해 있을까? 이유가 뭘까? 왜 같은 상황에 다른 행동을 할까? 궁리 끝에 답으로 얻은 게 바로 글 첫머리에 제시한 세 가지다.

제대 후 장사꾼이 되었다. 하는 일들은 하나같이 선택을 해야 하는 순간들의 집합이었다. 생각과 가치 기준을 어떻게 갖고 있느냐에 따라 선택은 다를 수밖에 없다. 가까운 이웃과 이야기를 나누다 보면 의견충돌이 생긴다. 서로 간에 끝까지 자기주장에 집착한다. 옳고 틀리고가 아니다. 잘나고 못나고가 아니다. 적지 않은 상황들을 겪으면서 느꼈다. '왜, 이렇게 생각들이 고루해.' 이런 생각 말이다. '어, 내가 변했나?' 신기했다. 생각해보니 미군과의 생활 속에서 받은 느낌이 가르침이 되어 나를 변화시킨 것이었다. 덕분에 생각할 수 있었다. 사고방식이 답답해서는 안 된다고. 이 사유는 합리성과 실용성, 자유분방함에 중점을 두도록 나를 독려했다. 이런 경험과 배움이 성공을 낚기도 하고 실패를 만들기도 하면서 여기까지 왔다.

2 자신감 잉태

"삶은 고해苦海다. 이것은 위대한 진리다. 다시 말하자면, 이 세상에서 가장 위대한 진리 중의 하나다. 이것이 위대한 진리인 까닭은 진정으로 이 진리를 깨닫게 되면 그것을 뛰어넘을 수 있기 때문이다. 진정으로 삶이 힘들다는 것을 알게 되면, 즉 진정으로 그 사실을 이해하고 받아들이게 되면, 삶은 더 이상 힘들지 않게 된다. 일단 받아들이게 되면 삶이 힘들다는 사실은 더 이상 문제가 되지 않기 때문이다."

- M 스캇 펙, 《아직도 가야 할 길》에서 -

군대를 마치고 장사꾼이 되었다. 일터는 부모님 가게다. 가게에선 돌절구도 팔고 있었다. 당시 돌절구는 고급 조리도구다. 가정마다 있는 게 아니다. 윤택한 가정에서나 쓸 수 있는 가격 높고 사이즈 큰 요리도구다. 각종 곡물, 떡, 고추, 마늘 등 온갖 식재료를 절구에 넣어 공이로 빻거나 찧어 식생활에 이용하던 때다.

가게에서 취급하는 절구 종류는 고석돌, 황등돌, 화강암돌, 대리석돌로 만든 것이다. 그중에서 가장 잘 팔리는 절구가 대전 침산 채석장에서 나오는 대리석돌로 만든 것이다. 결도 아름답고 색상도 곱다. 그때나 지금이나 소비자들의 눈은 정확하다. 값싼 절구가 있는데도 비싼 침산 절구가 있을 때는 그것부터 팔려나간다.

절구를 만들어오는 석공은 둘이다. 가져오는 게 보름에 서너 개 전후다. 이걸 가지고 와서 어떻게든 가격을 더 받기 위해 이 가게 저 가게를 오락가락한다. 그것이 마음을 조마조마하게 만든다. 거기다 절구를 살 때마다 흥정해야 한다. 사도 그렇고 못 사도 번번이 기분이 언짢다. 이건 아니다 싶었다. 거듭된 고심 끝에 생각이 발전하여 절구를 중교상회로만 납품하게 만들겠다고 마음먹게 되었다. 뜻이 있으면 길이 있다고 한다. 일단은 석공들이 일하는 현장엘 가야 한다고 마음먹었다.

가기 전에 석공들 마음에 들게 해야 한다며 달라는 가격대로 주고 샀다. 더 많이 만들어 왔으면 좋겠다고 요구했더니 그렇게 할 수 없단다. 돌이 생기는 대로 하는 일이라 그렇단다. 아니 돌은 만들면 되지 않나. 무슨 소린지 이해가 안 갔다. 찾아갈 생각으로 채석장 가는 길을 물었다.

알아낸 게 두 가지 길이다. 하나는 지금의 산성동을 지나 연고개를 넘고 옥녀바위를 타고 가다 도정골로 들어가는 방법이다. 도정골만 가면 채석장은 누구나 다 안단다. 또 하나의 길은 안영교를 넘어 금산 방향으로 버스 다니는 길로 가다가 첫 고갯마루를 넘을 때쯤 좌측으로 들어가면 얼마 안 되어 검은바위골이 있단다. 거기서 우측 방향으로 산을 넘으면 바로 보인단다.

초여름날 이른 아침 든든하게 밥을 먹고 채석장을 찾아 나섰다. 도로나 교통편이 불편하던 때다. 택시 대절에는 부담이 크다. 버스를 이용하려니 여러 가지로 불편하다. 할 수 없이 애완용 짐차인 자전거로 가기로 했다. 크고 무겁다. 세 발 화물차만큼이나 짐을 싣고 다니던 때다. 자전거를 주위 사람들이 놀랄 정도로 기가 막히게 잘 탔다. 그 자전거를 타고 길을 나섰다. "검은바위골을 찾아요. 그리고 우측으로 산을 넘어 내려오면 채석장이 있어요"라던 말만을 기억하고 페달을 밟았다. 드디어 산이다. 여름의 초입 날씨가 덥다. 가뜩이나 잘 흘리는 땀은 눈썹을 타고 흘러내리며 온몸을 적신다. 그렇게 정상에 올랐다. 내려다보니 저 아래 왼쪽으로 채석장이 보인다. '그래, 저기다.' 다가서며 보니 석공 둘이 절구를 만들고 있다. 반가웠다. 산을 넘어왔다니까 놀란다. 자기들도 안 다녀본 길이란다.

현장엘 가서 보니 건축물에 사용하는 대리석을 만드는 곳이다. 돌을 재단하는 여러 개의 톱에 물이 찰찰 흐르며 대리석을 송판처럼 자르고 있다. 인부도 여러 명이다. 돌산의 돌에 구멍을 파고 화약을 심어 깨뜨리면 요구하는 크기로 돌이 잘린다. 이때 잘못 깨져 작게 나온 돌을 갖고 절구를 만드는 것이다. 이해가 갔다. 절구를 만들 수 있는 돌이 마음대로 나오는 것이 아니었다.

석공은 생각 이상으로 반가워한다. 얼씨구나! 이야기도 술술 풀린다. 가격은 지난번 깎지 않았던 가격보다 십 퍼센트 더 올리기로 했다. 대신 만드는 물건은 중교상회로만 대기로 약조가 되었다. '가격은 일 년에 한 번 조정한다.' '절구만 가져오면 석공들이 안 나와도 돈을 지불한다.' 양쪽이 다 좋은 타협안이 만들어졌다. 짐차 끌고 산을 넘은 수고로움치고는 썩 괜찮은 결과였다. 그동안 언짢고 찜찜하고 불편했던 일들이 눈 녹듯 사라진다. 이제 침산 채석장에서 만들어내는 모든 절구는 중교상회 것이다. 춤추고 싶다. 자전거를 타고 돌아오는 가슴은 기쁨으로 가득 찼고, 귓가로 스치는 후덥지근한 바람결마저 시원하다.

'아, 이렇게도 되는구나!' 이 경험은 두고두고 삶에 용기와 자신감을 주었다. 깨달음도 얻었다. 삶은 어려움을 피하지 않고 넘을 때 극복이 제대로 되는 것이다. 그럴 때라야 바라는 가치를 얻게 된다는 걸 알게 된 것이다.

포즈

4,000원이라는 포즈다.
얼마냐 물으니 이렇게 나온 거다.
입으론 "맛 있어유~~" 했다.
재밌다.
자신감이 탱탱하다.
장터에서 요걸 사가지고
먹으며 담으며 다니는 것도 피로회복이다.

3

반전, 그리고
또 반전

"당신이 성공을 꿈꾸고 있다면, 지금 당장 바보처럼 착하게 살고, 마음을 따라가고 실천과 행동으로 움직여라. '정성'이라는 이정표를 마음에 각인하고, 달리고 또 달려가라. 한 번 더 강조하면, 성공이란 '닥치고' 목표를 향해 끊임없이 달려가는 것이다. 당신의 성공은 밖에 있는 게 아니라 당신 안에 숨어 있다."

– 이내화 · 김종수 공저, 《인생반전》에서 –

만 가지도 넘는 물건을 취급한다는 만물상회인 중교상회에서 장사를 배웠다. 부모님 가게다. 한국전쟁 끝에 두레상으로 전국적으로 유명세를 날리던 '대전 중교상회'다. 그랬던 곳이 피난살이가 안

정되면서 장사가 맥이 빠지며 시들해졌다.

그럴 즈음 합판에 포마이카를 입히는 사각 상이 전국적으로 유행을 타고 있었다. 서울 옥수동 한강변에 상 공장이 모여 있었다. 소형 트럭으로 한 차씩 사다 팔았다. 이른 여름 어느 날 한 차 거리 돈을 주고 왔는데 오 일 이야기하던 약속일이 한 달이 넘었는데도 물건이 안 내려온다. 받던 전화도 안 받는다. 올라가 보니 공장 입구서부터 압류딱지가 빨갛게 붙어 있다.

이곳저곳 돌아다니며 알아봤지만 아얏 소리도 못 하고 내려왔다. '그깟 것 직접 만든다!'는 소신으로 상 공장을 차리겠다며 수소문하여 기술자 두 명을 만났다. 나보다 십오 년 연상인 사십 대 중반의 한 사람은 약간은 유들유들함이 느껴지는 느끼한 분위기였고 또 한 사람은 내 연령보다 살짝 위인 보기 흔한 보통 사람이었다. 대화하다 보니 상 만드는 데는 무리가 없을 것 같았다. 작은 창고를 세내어 설비하고 합판은 인천 합판 공장에서, 포마이카는 대전 페인트상회서 구해다 만들기 시작했다. 목물 장사를 하면서 상 공장까지 차린 것이다. 두 번째 직업이라며 단단히 마음먹었지만 아니었다. 하루에 육십 장씩 나오는 상들을 팔아야 하는데 쉽지가 않았다. 재고가 늘다 보니 가격도 바짝 내리고 대전을 떠나 청주, 조치원, 논산, 금산, 상주, 김천 등지로 팔리는 대로 수금해 가겠다며 위탁판매에 나섰다. 참 딱한 상행위였다. 반년이 지나며 주위로부터 이상한 소리가 들렸다. "기술자들이 상을 들고 나가 술을 바꿔먹어요." 기가 막혔다. 단단히 주의를 주었다. 얼마 안 가 또 그런다. 마음이 굳어졌다. "철수다!" 공장 문을 닫고 말았다.

두 번째 직업에서 금전적 손해는 없었지만 마음고생은 제대로 했다. 기술자의 인간성도 보았고, 만든다고만 되는 것도 아니라는 걸 알게 되었다. 수금하는 것은 만드는 것보다 더 얄궂었다. 숱하게 겪어낸 경험들은 다 돈 주고도 배울 수 없는 귀한 것이었다. 고행이었지만 좋고 나쁨을 구별할 수 있는 분별력을 갖는 데 도움이 되었으며 또한 생산이 무엇인지 나름의 경험을 할 수 있게 되었다.

십여 년 전 갖게 된 꿈을 좇아 제조업을 하겠다고 잘나가고 있는 그릇가게를 폐업했다. 서른다섯에 남성용 수제 가발회사에 취업했다. 내부 살림을 맡아보는 총무이사다. 일본어를 배우지 않아도 되는데 이번 기회에 배우는 것이 좋겠다는 감感에 따라 일본어 회화도 배우겠다고 나섰다. 이 년 넘어서니 혼자서 여행할 정도의 능력을 갖게 되었다.

'제조업을 한다'는 꿈에 구체적으로 업종이 결정되었다. 플라스틱완구다. 시장조사를 통하여 가장 빠른 상품제조의 지름길을 알게 되었다. 일본이나 미국에서 한국시장에 맞는 상품을 찾아내어 거기에 아이디어를 첨가해서 새로운 제품을 만들어내면 된다. 조사하다 보니 샘플 구하기의 최적지가 도쿄다. 배운 일본어를 제대로 활용

할 수 있게 된 것이다. 바람을 가슴에 담고 염원하고 있으면 해결책이 나타나는 것이다. 하늘에 감사드린다.

플라스틱완구 업종으로 창업하여 실패하지 않도록 만들어준 일등공신은 도쿄 완구시장을 찾아 혼자서 다닐 수 있게 만들어준 일본어회화와 포마이카 상 공장을 운영했던 실수투성이의 아픈 경험이었다.

인생이 어떻게 반전에 또 반전이란 말인가. 나쁜 일 다음에 좋은 일이 찾아오는 것이 예삿일처럼 이어지는 편이었다. 지금도 그런 편이다. 그러던 중 대한민국 최고의 성공컨설턴트로 알려진 이내화와 베스트셀러 작가인 김종수 성공연구소 대표가 쓴 공저인《인생반전》을 읽게 되면서 어렴풋이나마 느끼게 되었다. 착하고 순수하게, 또한 인내심을 갖고 끈질기게 살려고 애를 쓴다면 누구에게나 이런 복은 오는 게 아닐까 하는 생각이 든 것이다.

4 에너지 덩이

궁즉통窮則通은 궁즉변, 변즉통, 통즉구窮則變, 變則通, 通則久 아홉 자를 요약한 말이다. 주역 계사전周易 繫辭傳에 나온다. '궁하면 변하게 되고 변하게 되면 통하게 되고 통하게 되면 오래간다'는 뜻이다. 진리다.

군대를 마치고 상점에 계신 부모님을 찾아뵈었다. 수심과 피곤함이 역력해 보였다. 장사를 하려고 마련한 상점이 건축물은 소유권이 인정되나 땅 주인은 따로 있었다. 서로 자기주장만 하게 되는 송사에 휩쓸려 십삼 년째 민사재판 중이었다. 이겼다 졌다 반복하면서 한없이 돌아가는 재판, 혼돈과 비용 때문에 정신이 피폐해질 대로 피폐해진 것이다. 민사재판 삼 년이면 집안이 거덜 난다는데… 재산은 말할 것도 없고 특히 어머니 건강이 말이 아니었다.

제대하고 나자 기로에 섰다. 중단한 학업을 계속할 것이냐, 취업할 것이냐 하는 갈림길이다. 아무리 생각해도 두 가지 다 마음에 안든다. 공부도 싫고 지식수준도 준비된 게 없고 경험도 일천하다. 취업도 어렵다. 고민 끝에 결정했다. 어머니가 바라는 대로 부모님이 운영하는 '목물가게 중교상회'로 출근을 시작했다.

가게에서 일하며 장사도 배우고 사람과의 사귐도 익혀가며 경험해 나갔다. 동분서주하며 지내던 중에 이웃의 잘못으로 상점과 물건이 잿더미가 되었다. 하늘이 노랬다. 재판도 졌다. 가게도 없어졌다. 다행인 것은 부모님께 상의를 안 했지만 화재 직전에 가게를 한 칸 계약해 놓은 것이 있었기에 위로가 되었다. 바로 부모님께 말씀드렸다. 그 건물에 세 들어 있던 세입자 두 명을 내보내고 몇 개월에 걸쳐 새로운 업종인 중교기물 · 그릇가게를 개업했다. 일 층엔 소매상, 이 층엔 도매상 진열로 구조를 짰다. 불나고 아무것도 없이 새로 만들다 보니 빚투성이가 되었다.

대전 중앙시장에는 그릇가게 소매점이 열 개가 넘는다. 그들이 자기들 창고라고 말하는 곳이 중교기물 이 층이다. 소매점 점원들이 흥정을 끝내고 "잠깐 기다리세요. 창고에서 새것을 꺼내 올게요"라고 말하고 뛰어가는 곳이 바로 내 가게다. 이 층으로 뛰어 올라가 필요한 물건을 골라서 내려가며 보여주고선 또 뛴다. 영업이 바쁘게 돌아갔다. 진 빚도 다 갚고 아버지가 좋아하는 연못 있는 주택도 한 채 샀다. 영업이 잘되는 데다 "너, 정말 신기하다!"라는 부모님 칭찬까지 듣다 보니 피곤한 것도 몰랐다. 재미있을 뿐이었다.

스물다섯 때 가진 꿈이 '제조업을 하자'였다. 상업에 종사한 지 십 년 만에 지인의 가발업체에서 총무이사를 맡아달라고 연락이 왔다. 이것이 꿈을 펼 수 있는 기회가 아닐까 하는 생각에 서울로 올라갔다. 팔 년간 재직하며 제조업을 공부하며 지식과 경험을 쌓았다. 플라스틱완구로 창업했다. 가발과는 달랐지만 만든다는 점은 같다며 쉽게 도전했다. 하늘이 도와 히트상품을 연달아 만들어내며 업계에서 유명 인사가 되었다. 일본을 자유롭게 다니며 샘플을 구해다가 좋은 아이디어를 넣어 새롭게 만들어낸 상품이 잘 팔리고 있었기에 "저 사람이 누구냐?"라며 시선을 끌었다. 주위에 사람도 모였다. 부러움 반 질투 반이었을 거다. 아무나 외국을 다닐 수 있던 시기가 아니었기에 더 그랬을 것이다. 도쿄를 가면 말이 통하는 내가 앞장선다. 형제 이상이 된 네 명이 함께 시장을 누비며 다니는 것도 별미였다. 그들은 그들대로 고맙다며 내 일이라면 열 일을 제

쳐놓고 도와주곤 했다. 덕분에 좋은 평도 얻으며 순항할 수 있었다. 하지만 개발·생산·판매라는 사이클에 내포된 제조업의 어려움은 늘 스트레스가 되어 몸을 떨게 만들곤 했다. 그런 긴장감 속에서 십구 년간 큰 탈 없이 운영하다가 예순둘에 제조업을 접었다.

기회를 만날 때마다 피하지 않고 선택하며 다섯 가지 직업으로 살았다. 자주 궁지에 몰리곤 했다. 선택할 때마다 혼미했고, 부족한 지식 때문에 부평초가 되었으며, 자금이 부족하여 부도 직전까지 몰리기도 했고, 방법이 아리송하여 머리를 쥐어뜯기도 했다. 아이디어가 안 떠올라 개발이 부지하세월일 때도 있었고, 믿었던 사람의 배신까지도 만나봤다.

삼십육 년의 사회생활 내내 노심초사했다. 어려움 속에서 만나게 된 고사성어가 '궁즉통'이다. 어렵고 힘들 때마다 되뇌며 견뎌낼 힘을 받던 에너지 덩이다. 그 속에서 품어내던 함의가 여기까지 올 수 있게 해주었다고 자랑하고 싶다.

에너지

바다, 일출, 일몰 좋아하던 때
카메라 메고 달려간 정동진.

밀려오는 파도가 장관이었다.
제때 제대로 만난 것이다.
뛰어다닌 끝에 딱 맞게 잡았고
마음에 드는 사진을 담을 수 있었다.

줄기차게 밀려오는 파도
거기서 품어져 나오는 에너지
그것이 그대로 담겨졌기에
볼수록 마음에 드는 사진이 되었다.

5 또래님들께 전합니다

"나는 지금도 그 속도와 능력에 감탄을 금할 수 없다. 종이에 원고를 타이핑하는 대신에 키보드를 치면서 '플로피 디스크'라고 하는 것에 전자적으로 저장되고, 나는 눈앞의 TV 화면 같은 스크린에 나타난 글을 본다. 몇 개의 키를 두드림으로써 단락을 변화시키고, 지우고, 삽입하고, 밑줄을 치면서, 내가 쓴 것을 즉각 수정하고 다시 정리할 수 있다. 이를 마음에 드는 원고가 될 때까지 계속할 수 있다. 너무 좋다. 수정이 끝나면 버튼을 하나 누른다. 그러면 내 옆에 있는 프린터가 구별할 수 없을 정도의 속도로 나를 위해 완벽한 원고를 만들어준다."

– 앨빈 토플러《제3의 물결》에서 –

위암에 걸리는 바람에 2004년 예순둘에 사업을 접었다. 그만두면서 생각한 게, 쇠털같이 많은 날, 무엇을 하며 지내느냐 하는 게 문제였다. 결정했다. '배우기를 하자!'고. 찾아가게 된 곳이 대학교의 평생교육원이다. 가장 시급하게 배워야 하는 게 무얼까. 많은 과목 중에 선택한 게 컴퓨터반과 영어회화반이다.

반에 등록하고 보니 학우들은 이미 두세 학기씩 듣고 있었다. 부족한 듯하여 계속 듣는 중이란다. 그들은 강사가 가르쳐 주는 걸 척척 잘도 따라 한다. 처음 시작한 초짜는 자판에도 익숙지 못하고 용어들도 낯설다. 강사의 설명을 들으며 이게 뭐지 생각하는 중에 제트기처럼 다음으로 넘어간다. 하나가 헝클어지니까 전체가 엉망이다. 옆 학우들에게 묻는 것도 한두 번이지 창피하고 미안하다. 어떻게 극복하지 고민하다가 초·중학생들이 다니는 학원엘 다니게 되었다. 방문하고 보니 초짜에게 안성맞춤인 좋은 과목이 있다. '워드프로세서반'에 등록했다. 이걸 배우면 기초 완성이 된다.

그 반은 전부가 초·중학생들이었다. 그곳에 예순두 살배기가 등록했다. '나이가 무슨 관계랴! 배우면 되는 거지'라는 생각이었다. 이 배짱은 평생 갈 것 같다. 지금도 모르는 게 나타나면 그렇게 찾아다닌다. 모르는 걸 해결하는 데는 최고의 방법이다. 다니며 자판과 용어에 익숙해져 갔다. PC 운영체제, 문서작성, 정보 활용, 인터넷 검색, 서핑 따위를 배웠다. 낮에는 평생교육원에서 학우들과 저녁엔 학원에서 어린 학생들과 어깨를 나란히 했다.

두 달 동안 주야장천 배우고 실습했다. 틀리면 계속 되새김질이다. 드디어 '워드프로세서 3급' 자격증을 따기 위해 상공회의소에서 시험 치르는 날이 왔다. 어린 학생들 사이에 끼어 시험을 치렀다. 어찌나 가슴이 쿵쾅거리는지 온통 세상이 시끄럽다. 혼났다. 합격했다. 자격증 찾아가라는 연락을 받고 얼마나 기뻤는지 모른다. 드디어 해낸 것이다. 자격증을 찾으러 가니 담당 직원이 "연세가 얼마나 되셨어요?" 묻는다. "예순둘입니다"라고 말하니 직원이 미소 지으며 "대단하시네요"라며 자격증을 건네준다. 감격했다. 이 나이에 초·중학생들과 함께 공부하여 자격증을 따다니.

컴퓨터를 배워 유용한 것은 이루 말할 수 없이 많다. 지금은 일상에서 더 필요하다는 생각이 든다. 각종 문서작성과 편집은 기본이고 일정 관리와 메모 관리, 필요한 정보 찾기, 여행 정보 검색과 계획 세우기, 모닝페이지 쓰기, 글쓰기, 책 쓰기 등 수도 없다. 이 모든 걸 가능하게 한 것이 컴퓨터다. 지금은 글쓰기에 도전하고 있다. 워드프로세서를 안 배웠으면 굉장히 헤맸을 것 같다. 아니다. 글쓰기를 좋아하는지도 몰랐을 것이니 시작도 못 했을 것이다. 사실 몰라도 살 수 있다. 그러나 차이가 난다. 어떤 사람은 컴퓨터로 검색하여 차표를 구매한다. 반면에 '컴퓨터치癡'는 손자나 다른 사람의 힘을 빌려야 한다. 이런 사소한 불편함의 차이는 점점 심해질 것이다. 번번이 끙끙거려야 한다.

읽고 쓰면서 뜻을 모르는 단어나 문장이 부지기수다. 공부 안 한 죄고 책 안 읽은 벌이다. 하지만 컴퓨터를 하고부터는 그것을 해결하는 건 땅 짚고 헤엄치기가 되었다. 읽을 때나 쓸 때, 모르는 단어나 문장, 또는 불현듯 떠오르는 생각을 컴퓨터 안에서 옮기지 않고 즉시즉시 찾아보고 저장도 할 수 있다. 거기다 망망대해인 정보의 바다인 인터넷에서 필요한 것을 콕 집어낸다. 마술만큼이나 신기하다.

툭하면 신문을 스크랩하여 베껴 쓰기 한다. 모르는 단어가 자주 나온다. 그 단어를 드래그하여 열어 놓은 네이버 사전으로 가서 검색창에 붙여넣기 하고 검색 단추를 누르면 '저 여기 있어요!'라는 듯이 뜻이 튀어나온다. 그걸 복사하여 단어 옆에 붙여넣기 한다. 그것은 본문과 달라야 구별이 쉽게 되므로 크기를 줄이고 색상도 바꾼다. 이러면 세 번 정도 뜻을 음미하는 것과 같다. 컴퓨터를 모르거나 없었을 때는 정말 어려웠다. 시간도 한없이 걸렸다. 그 효과는 지도를 짚어가며 하던 운전이 내비게이션으로 바뀌면서 쉬워진 것 이상이다.

또래에선 컴퓨터를 배운 사람이 별로 없다. 늦었지만 지금이라도 배웠으면 좋겠다. 컴퓨터를 배우고 보니 생각 이상으로 유익하다. 안 배웠으면 변해가는 사회에 어떻게 적응하고 있을까. 움츠러들 수밖에 없지 않을까 생각하게 된다. 이제는 컴퓨터가 필수다. 모든 것이 컴퓨터로 통한다. 생활에서 모르는 게 생기면 검색으로 다 해결한다. 아주 편리하다. 건강관리에서 주치의를 둔 것과 같다.

앨빈 토플러 이상으로 컴퓨터를 애지중지한다. 이 나이에 글을 쓰겠다고 도전할 수 있었던 것도 컴퓨터를 다룰 수 있었기에 가능했다는 생각이 든다. 쓰고자 하는 생각들을 쓰고 지우고 고치고 다시 쓰며 마음에 들 때까지 반복한다. 쓰기에 필수인 검색도 병행한다. 창고인 폴더를 열어보면 쓴 글이 일목요연하게 저장되어 나란히 줄 서 있다. 보고 또 본다. 이것을 배울 수 있었음을 하늘에 감사드린다.

제5장

여
행

1 　꿀재미,
　　매물도 섬 여행

　　여행은 일탈에서 오는 즐거움, 보고 싶은 것을 보
는 즐거움, 모르는 것을 알게 되는 즐거움에 빠지는 것이라고 이야
기들 한다. 나의 여행은 계획을 세우는 것에서부터 시작된다. 교통
편과 잠자리, 먹거리, 시장, 풍광 등을 체크한다. 이것만 있으면 여
행은 자유와 즐거움과 재미가 가득이 된다.

　　어제는 하루에 한 번씩 물길이 열리는 소매물도에서 모세의 기
적처럼 물길이 벌어져야 갈 수 있는 등대섬을 갔다 왔다. 해산물로
저녁을 먹고 달게 잤다. 오늘은 여덟 시 반 배로 매물도에 가는 날

이라 일찍 일어났다. 오늘 걷기는 어떻게 될까. 어제의 걷기를 따져
보니 1km에 1시간씩 걸렸다. 걷고 놀고 쉬고 찍고 즐기고 하니 그
렇게 걸린다. 매물도는 전체 한 바퀴가 10km이고 반 바퀴는 5km이
다. 생각 같아선 한 바퀴를 돌고 싶다. 하지만 무리성이 있다. 나이
도 그렇지만 오후 4시 반에 거제도로 가는 배를 타야 하기 때문이
다. 하여튼 '한 바퀴냐 반 바퀴냐'를 정하지 못하고 배에 올랐다.

　떠나자마자 곧 매물도이다. 당금마을에서 하선했다. 집들 색깔
이 곱고 예쁘다. 어린이들이 크레용으로 그리는 빨강 파랑 노랑 색
상 그대로이다. 두리번거리며 마을 구경에 나섰다. 그런데 사람이 없
다. 유령 마을인가? 이 어촌에 내린 사람은 우리 부부 둘뿐이다. 탄
사람은 하나도 없다. 보이는 사람도 한 명 없다. 이상하다. 이해가 안
되어 머리를 갸웃거리게 된다. 보이는 사람이 없으니 물어볼 곳도
없다. 하여튼 구경이나 하자고 발을 뗀다. 제일 먼저 만난 게 실오라
기 하나 안 걸친 나신裸身의 여인상이다. 무릎을 꿇었는데 만삭이다.
어찌 이런 걸 설치해놨단 말인가? 참으로 남사스럽다. 어쨌든 사진
이나 담자며 찰칵거리며 여인상을 돈다. 어쭈구리 시詩비도 있다.

　　바다를 품은 여인
　　바라본다
　　떠나간 이들을 바라보고

그들이 돌아올 바다를 바라본다
함께할 섬의 내일을 바라본다
품는다
섬의 생명을 품고
섬을 찾는 생명을 품는다
새 생명 가득한 섬의 내일을 품는다
여인은 그렇게
매물도의 바다를
품는다

시를 읽으니 이해가 되었고 좋다고 느껴졌다. 쉽고 깊다. 몸을 받
치고 앉은 허벅지에서 모두를 받아낼 수 있는 튼실함이 보인다. 빵
빵한 배에선 당장이라도 뭔가가 튀어나올 것만 같다. 불룩한 젖무
덤에선 강한 모성이 읽힌다. 덤덤한 얼굴에선 '나는 이리 살아가겠
노라'는 진득함을 이야기하는 것 같다. 그렇게 저 먼 바다를 향해
무릎을 꿇은 여인이지만 꿈쩍도 않을 굳셈이 느껴진다. 참 괜찮은
여인이다.

그러고 보니 아까 이상해 보였던 그 여인이 아니다. 달라졌다. 섬
도 바닷물도 집들도 초목도 따라서 정겹다. '섬을 찾는 생명을 품는
다'고 하니까 나도 품었을까 하며 만삭의 배를 쳐다보며 빙그레 웃
게 된다. 이제는 매력도 있고 친근감도 느껴진다. 시 한 수 읽고 나

니까 제대로 보이는 것이다. 정말 모르면 배워야 한다.

이제 트레킹이다. 당금마을을 출발하면 바로 나오는 전망대에서 바다를 싫도록 볼 것이다. 아니다. 여기선 지천이 온통 바다다. 당금마을 발전소를 끼고 돌아서 → 동백터널을 관통하고 → 쉼터에서 놀고 → 홍도전망대에서 발 쉼을 하고 → 갈림길 삼각지에서 장군봉을 올려다보며 즐겁고 고마운 마음을 보낸다. 반 바퀴 코스로 5킬로미터에 5시간 예상으로 정했다. 공기 좋고, 풍광 마음에 들고, 바다 푸르고, 동행이 마음에 드니 마냥 호호헤헤 설렁거리며 걷는다. 대항마을로 내려가 마을 구경하고 나면 당금마을행이다.

전망대에서 가슴이 뻥 뚫릴 때도, 바닷가에서 노니는 염소를 찰칵 담을 때도, 바다를 향해 나가는 것만 같은 용머리를 볼 때도, 둔덕만큼이나 커 보이는 악어 모양의 섬이 어슬렁거리며 유영하는 것만 같은 형상을 볼 때도, 5월의 동백터널을 지날 때도 모든 게 즐겁기만 하다. 마음이 깃털이 된다.

대항마을 초입에서 기발한 작품을 하나 만났다. 삼사 미터나 되는 큰 사각 수조에 두께가 8센티미터쯤 되는 고목 덩이를 가지고 50에 40센티미터 크기의 생선 머리 모양을 만들어 매달아 놓았다. 딱 어두魚頭다. 거기에 입도 있고 알루미늄 접시로 눈도 해 박았다.

그리고 고목판자 옆쪽에선 두 어부가 낑낑거리며 머리를 오르고 있다. 스테인리스 파이프를 댕강 잘라서 국자로 머리를, 수저는 발이 되었다. 분명히 어부다. 고단한 삶을 형상화한 작품이다. 보고 나니 감탄과 박수가 절로 난다. 재기발랄함을 만났다. 이렇게나 창조적이고 센스 있는 작품이라니… 혀를 내두르게 된다.

그러고 보니 이 섬은 특별하다. 예술가의 혼이 서린 곳이라는 생각이 든다. 눈에 띄는 모든 게 예술적이다. 디자인 감각도 뛰어나다. 맨 처음 들어와 이런 것들을 볼 때는 그냥 '어, 좋네'라며 가볍게 넘겼다. 그랬던 내가 이 작품을 보고 나니 달라졌다. 이 섬에 예술의 혼이 있다는 생각이 든 것이다. 이런 작품은 그냥 나올 수가 있는 게 아니다. 예술인이 아닌 나에게까지 전해지다니… 더욱 그렇다.

대항마을에서 당금마을을 가는 길 초입에도 기발한 작품이 있다. '와, 와. 대단하다. 재밌다'며 쳐다보고 또 쳐다보았다. 저만치 앞서 가던 아내까지 불러들였다. 스텐 파이프로 사람 형상을 만든 것이다. 무릎도 있다. 경중경중 걷는 자세다. 이 작품의 백미는 팔뚝에 달린 사각형의 널빤지 간판이다. 거기엔 '당금마을 가는 길'이라고 쓰여 있다. 나보고 이 방향으로 쭉 가란다. 참 재치 있고 창조적이다.

돌로 쌓은 집 담벼락에도 간판이 붙었다. '할머니들의 생활민박'

이라고, 그 밑에 붙은 설명문이 마음을 잡아당긴다. '소박하고 정갈한 할머니들의 섬집에서 하룻밤 살아 볼 수 있습니다. 매물도 사람처럼'이라고. 매물도 사람처럼이라는 문구가 너무나 정겹다. 이런 작품과 간판들이 섬 여기저기 즐비하다. 여기까지 보고 나니 더 궁금해졌다. 예술적 감각을 가진 이 사람은 누굴까? 가고 가다 보니 예술의 혼을 만들어낸 곳을 추측할 수 있었다. 예술품을 따라가고 따라가다 보니 교회가 나온다. 아~ 이곳이었구나. 이곳의 젊은 신앙인들이 모여 만들어낸 작품들이라는 생각이 든 것이다. 즐거웠다. 고맙다.

당금마을에 도착하니 젊은 두 남녀가 저만치 보인다. 우리를 만나더니 무지 반가워한다. 통영에서 들어왔단다. 우리가 이 섬에 와서 몇 시간 만에 처음 만나는 사람들이란다. 우리도 반갑기는 마찬가지다. 이 섬에서 외지인 보기는 처음이다. 어제로 연휴가 끝나 사람들이 썰물처럼 쓸려나가서 그렇단다. 왜 그리도 사람이 없었는지 이제야 이해가 되었다. 나도 늦은 오후면 나간다.

일상에서 벗어나 새로운 것을 접하며 재미와 즐거움에 호호거렸던 하루. 시와 풍광과 예술혼이 풍성한 섬. 그리고 나를 품은 여인과 예술가를 기억에 담아 간다.

2 이게 인생인가

여행의 즐거움 중 하나가 식도락이다. 입에 맞는 음식을 만나는 건 재미를 넘어 기쁨과 행복이 된다. 칠 년 전에 그런 음식을 만났다. 오키나와 못미처 있는 섬 아마미에서 먹어본 향토음식으로 '게이한'과 '도리사시'다.

여행의 최고봉이 크루즈여행이지 싶다. 타기만 하면 먹고 즐기고 자고 기항지 여행까지 만사형통이기에 그리 생각이 든다. 롯데관광에서 일본만 다니는 일주일 계획의 크루즈여행을 신문에 띄웠다. 혹하고 신청했다. 유치원급이지만 말이 통하고 한국과 분위기가 비슷해서 일본 여행을 즐기는 편이다.

네 군데의 기항지 여행 중 아마미에서 아홉 시간의 자유여행이 있다. 내리고 타는 데 두 시간을 쓰고 나면 알속은 일곱 시간이다. 자유와 식도락을 좋아하니까 짧지만 그래도 선택했다. 설렘으로 갈 곳을 정했다. 첫째는 섬 북단의 카사리사키의 바다와 등대다. 코발트색 바다가 좋다기에 사진에 담고 싶어 정했다. 둘째는 게이한을 요리하는 향토식당에 가는 걸로 정했다. 당일 아침 아마미에 도착하여 기대감으로 밖을 보니 비가 오고 있다. 전연 뜻밖이다. 체크해 보니 하루 종일이란다. 할 수 없이 등대 가는 걸 포기했는데, 그것이 잘됐는지도 모른다. 택시 대절하여 왕복 4시간이나 다녀야 하는 길이었으니 말이다.

아마미의 오하마비치에서 하선하여 찾아갔다. 시내 중심가에 가니 '나제'시 안내도를 가진 시청 직원들이 우산을 쓰고 여행객들을 맞고 있다. 게이한 음식을 물으니 식당 위치를 안내도에 표시하며 자세하게 설명해준다. 일본인들의 친절미가 뚝뚝 떨어진다.

덕분에 게이한을 요리하는 식당 뎃짱てっちゃん을 쉽게 찾을 수 있었다. 게이한을 두 그릇 시키는 것보다는 하나는 다른 걸 시켜 아내와 반씩 나누어 먹어볼 심산이다. 사장과 의견을 나눠 주문한 것

이 '도리사시'다. 두 가지가 다 750엔씩이다.

처음 게이한을 먹을 때 남대문시장에서 먹어본 닭개장과 비슷하다는 생각이 들었다. 귀국해 사전에서 게이한을 찾아보니 닭고기국밥이다. 역시 그랬었구나 하는 생각이 들었다. 담긴 그릇은 전연 다르다. 남대문 것은 둥글넓적한 사발형이지만 이곳 그릇은 동그랗지만 아래서부터 위로 직각이다. 둘 중에서 어느 걸 먹을 거냐고 묻는다면 게이한을 고를 것 같다. 국밥 위에 놓인 고명도 마음에 들지만 국물이 담백해서 너무 좋다. 도리사시鳥刺는 한문을 보면 닭고기회인데 실제로는 삶은 닭이 나온다. 사각 접시에 담겼다. 삶은 닭을 어떻게 이리도 깔끔하게 칼질을 낼 수 있을까. 달인의 경지이지 싶다. 그 위에 실파 등 야채를 잘게 썰어 흩뿌린 게 보기에도 좋고 풍미에도 그만이다. 와사비와 양념장을 찍어 입에 넣으니 향이 퍼지며 살살 녹는다.

여행에서 만나게 되는 먹거리 중에서 입에 착 달라붙는 음식을 만나는 건 기분을 훨훨 날게 하며 피로까지도 풀어준다. 찾아갈 때까지는 '시골구석 그렇고 그렇겠지' 했는데 아니었다. 실력이 수훈갑이라는 생각이 들었다. 맛이 맘에 드니 모든 게 달라 보였다. 메뉴에 해학도 있다. '믿고 맡기면 맛나고 배부르게 만들어주는 음식도 있다'고 은근히 뻐긴다. 천오백 엔 하는 세트 음식 몇 가지가 나란히 서서 선택을 기다린다. 솜씨와 맛과 멋이 어우러진 귀한 음식점을 왔다는 생각에 맛도 기분도 덩달아 높아진다.

한참 먹다 보니 뭔가 빠진 것 같다. 반찬이 아무것도 없다. 너무하다는 생각에 다꽝단무지을 시켰다. 다섯 쪽을 준다. 어린아이 소꿉장난도 아니고 이게 뭐야 하는 생각에 스마트폰으로 찰칵 담았다. 그러며 '요것도 돈을 받나 보자'라며 마음에 새겼다. 그러나 계산하면서 보니 다꽝은 공짜였다. 일본에선 셀프를 빼고는 시키는 게 다 별도 계산인데 왜 그랬을까. 내 인상이 맘에 들었나.

게이한과 도리사시의 여운이 남아 먹고 싶다는 생각이 늘 머리에서 뱅뱅거린다. 잊어버리면 좋으련만 그게 아니다. 여행, 식도락 생각을 하게 되면 예고 없이 찾아와 먹자고 보챈다.

그리움과 아쉬움만 쌓여가던 중에 마음을 정리했다. 몇 가지 일로 겸사兼事가 될 때까지 못 간다. 대신 '그리움을 키우자!'고. 할배가 되고 보니 시간이 넉넉하다. 자기가 좋아하는 일은 얼마든지 할 수 있다. 그렇다고 게이한과 도리사시를 먹겠다고 아마미로 가는 건 지나친 낭비이자 사치라는 생각이 든다.

그동안 하던 것처럼 반추하며 사는 수밖에 없다. 정 안 되면 국

내 일식집을 체크해보거나 거기서도 안 되면 남대문의 닭개장 식당을 찾아가 그걸로 아쉬움을 달래는 수밖엔 없지 싶다. 별거 아니라고 생각했던 음식이 날이 가고 달이 차며 아쉬워하는 마음만 커지더니 이리되고 말았다. 이상한 것은 아쉽지만 속상하지는 않다. 이것도 다 나이 들어가는 즐거움의 하나라며 히죽히죽 미소 짓게 된다.

아마미엘 가려면 인천공항에서 나리타공항으로 가 바닐라에어로 환승해야 한다. 그렇게 간다면 뽕 갔던 향토음식도 먹고 좋아하는 코발트 바다와 일출과 일몰도 담아볼 수 있다. 너무 좋다. 하지만 팔십 몸으로 이 여정을 감당할 수 있을까 걱정이 되기도 한다. 무엇이든 다 때가 있다는 진리를 다시 한번 느끼게 된다. 젊었을 때는 바쁘게 사느라 안 보였고 이제야 겨를이 생겼는데 몸이 감당을 못한다. 아, 안타깝다. 이게 인생인가.

회상

......?

......?

아니, 영접을 보시나?

3 ╱ 소품 쇼핑

자기가 좋아하는 분야의 소품을 모으는 건 취미를 넘어 고유한 의미를 갖는 거라고 생각한다. '자기 사랑'이다. 옆에 두는 것만으로도 자기만의 세상과 그리움이 새록새록 일어난다. 요즘은 바다 소품에 마음이 쏠려 있다. 서재식탁 옆에 놓인 책들을 쌓아놓은 책장을 가지고 이렇게 이야기해도 되는지 모르겠다 한쪽에 요리조리 진열해 놓고 오고 가며 틈틈이 보고 만진다. 그것만으로도 좋아하는 바다가 보인다. 흡족함이 가슴 가득 차 무엇과도 바꾸고 싶지 않은 정서가 된다.

학창 시절에 좋아하는 물건들을 수집한 적이 있다. 재미있어하던 당구로 인해 당구대와 당구공을 시작으로 마음에 드는 건 무엇이든지 모으기 시작했다. 영화와 음악에 관한 것도 많았다. 포스터나 유명한 배우 사진, 좋아하는 LP판, 거기다 기타, 어깨에 메고 다니며 음악도 들으며 폼 잡던 트랜지스터도 있었다. 꿈에도 보일 정도로 좋아하던 것들이었기에 모으려고 애를 썼다. 군대 갈 때 그것들을 일명 '내 물건'이라고 명명하여 모아두고 입대했다. 거기엔 앨범도 하나 있었다. 배우 이대엽의 광팬이었기에 그가 보내준 B5 크기의 사진을 첫 장에 붙여 놓고 애지중지한 영화 이야기들이 가득 찬 것이다.

군을 제대하고 사회생활을 시작하고 보니 바쁘기가 한없었다. 소품에 눈을 파는 건 '재수 옴 붙는 거'라는 생각이 들 정도로 엄숙했다. 여러 번의 이사로 내 물건이 줄어들기 시작했다. 더구나 제조업 창업이라는 풍운의 꿈을 안고 서울로 올라가면서 과감하게 모두 없앴다. 그래야 한다고 믿었다. 지금은 반대다. 가지고 있었어야 했다. 재미있는 추억담을 만들어낼 수 있는 보물이라는 걸 지금에야 안다. 거기다 그것은 전부 소중한 글감이다.

군에서 졸병일 때 '바다'를 만났다. 부산의 광안리 바다다. 지금은 광안대교로 유명하지만 그때는 덩그러니 바다만 있을 때다. 자유분방하게 살던 젊은 애가 군 생활에 갇히고 보니 적응하기가 여간 어려운 게 아니었다. 그때 마음을 견뎌내게 해준 것이 바다다. 인연이 되어 바다를 늘 곁에 두고 지내고 싶은 감성이 되었다. 여행을 가도 바다 주위서 맴돈다.

항구마다 입구에 세워져 있는 등대, 통통거리며 들락거리는 어선들, 뱃사람들의 강인함, 해녀들의 물질과 생활력까지도 좋아하게 되었다. 너울거림이 있는, 하늘과 맞닿은 저 물결 끝으로 그리움과 센티멘털이 있는 것도 알았다. 태풍이 몰아치는 날에는 방파제를 때리는 파도가 남자답다며 가까이 가려고 덤비는 마음을 달래느라 무진히도 애를 썼다. 변화무쌍한 바다에 경외감을 느끼게 되며 자연의 위대함도 알게 되었다. 오래전 크루즈여행 중 눈에 띄는 세 손가락 크기의 등대와 크루즈유람선을 사 왔다. 서재 한쪽에 놓고 지내는 것만으로도 아련한 추억이 떠오르며 바다와 함께 행복감에 빠지곤 한다.

오래전 바다를 사진에 담겠다고 혼자서 영덕 해맞이공원에서 동해안을 끼고 일주일을 내려왔다. 청사포를 지나 남포동을 가다 보니 광안리 바다를 지나고 있었다. 이정표가 있으니 분명 바다가 보여야 하는데 없다. 부대서도 도로서도 어디에서나 늘 보이던 광안리 바다를 빌딩들이 막아선 것이다. 그리고 보니 광안리 바다가 생소하고 이질감마저 들었다. 그런 마음에서도 그리움은 쌓이며 커지나 보다. 더 있지 못하고 얼마 전 날 잡아 다녀왔다. 숙소까지 정해놓고 1박 2일을 온전히 광안리 바다를 거닐며 회상하면서 그리움을 풀었다.

여행의 중심은 식도락, 시장 구경, 풍물과 풍경에 빠지기, 일출 몰 담기 등이다. 하나라도 맞아준다면 여행의 맛은 저절로 올라간다. 어디를 가나 젊은이들 속에 묻힌다. 나이가 지긋한 사람이 이래도 되나 하는 생각이 들 때도 있지만 좋아하는 걸 어찌한단 말인가. 광안리 해변에 있는 어느 카페 2층으로 올라가니 바다가 훤히 보이는 자리가 마침 한 테이블 비어 있다. 앉아 삼각대에 카메라를 장착해놓고 아내와 이야기를 나누며 살짝살짝 바다를 담는다. 그리움의 발로다. 그것만으로도 즐거움과 젊음이 가슴 가득 찬다.

졸병 생활의 어려움을 이겨낼 수 있게 해준 고마운 광안리 바다. 오른쪽에서 출발하여 저 멀리 바닷가를 따라 왼쪽 끝으로 걷는다. 그곳엘 가면 인터넷으로 미리 보아둔 중국식당이 있다. 이 층에 오르면 광안리 바다를 또 다른 각도에서 조망할 수 있다. 시원하게 뻗은 광안대교를 같은 눈높이에서 볼 수 있는 귀한 곳이다. 거기서 식도락을 즐기다가 네온의 빛이 살아나며 형형색색의 빛살이 수를 놓는 시간에 해변으로 나섰다. 졸병 때는 못 본 아름다운 풍광에 감탄

하며 걷는다.

휘황찬란한 네온의 해변을 거니는데 눈에 들어오는 가게를 만났다. 앙증맞은 상품들로 가득한 '소품 숍'이다. 저길 가면 바다를 소재로 한 소품들도 있겠다는 생각이 들었다. 횡재다. 재미나게 가게 안을 돌며 바다 소품 네 점을 골라 왔다. 서재 한쪽에 자리를 마련하여 먼저 있던 여섯 점과 함께 가지런히 놓았다. 일상 속에서 소품 앞을 지나며 보기도 하고 생각도 하고 만지게도 된다. 그중에서 제일 많이 마음과 손이 가는 것이 이번에 가져온 가로세로 십오 센티미터의 'BUSAN DAY 1'이라는 도기 타일 한 장이다. 옅은 황갈색 톤으로 광안리 바다가 그려져 있다. 거기에 옛 군대 생활을 회상할 수 있는 추억이 몽땅 들어 있어 자주 보게 되고 미소 짓게 된다. 군대 생활을 견디게 해준 고마운 바다가 거기에 그대로 있다. 볼 때마다 희로애락의 지난날을 회상하며 추억에 젖어 한없이 나래를 편다.

4 짠돌이 할배의
후회

올 1월에 코로나바이러스가 들어왔다. 여름이면 없어질 것이라고 말들 했지만 천만의 말씀이었다. 11월 22일 현재 확진자 30,403명에 사망자도 503명이다. 맹위를 떨치며 우리의 일상을 흔들고 있다. 특히 60세 이상의 고령자들이 더 취약한 편이다.

이런 환경이었지만 이번 11월에 4일간의 부산여행을 다녔다. 부산역에서 렌터카를 받아 거제의 매미성을 시작으로 간절곶까지 가는 코스다. 그중에서 가장 염두에 두었던 곳이 마지막 날의 행선지인 부산 국제시장 안에 있는 '609 청년몰'이다. 국제시장은 부산 최고의 전통시장이자 영화 〈국제시장〉으로 더욱 유명해진 곳이다. 그곳에 부산경제진흥원에서 추진하는 '국제시장 글로벌 명품시장 육성사업'에 의해 국제시장 6공구 B동 2층에 '609 청년몰'을 조성했다. 젊은이들이 만들어낸 특색 있는 상품으로 구성된 청년 상인들의 점포 18개와 카페 등이 입점했다. 청년들이 벌여 놓은 핫한 아이템들은 무엇이고 어떻게 만들어졌을까? 보고 싶었다.

이제 사업하고는 관련이 없는 노인이다. 그럼에도 609 청년몰에 관심이 갔다. 왜 그럴까? 두 가지가 이유다. 하나는 36년간 5가지 직업으로 고군분투했던 업業에 대한 극적인 추억들을 갖고 있기 때문이다. 또 하나는 손자 둘이 있는데 큰애는 군에 가 있고, 그 아래는 대학생이다. 청년기에 접어드는 손자들을 보면서 나도 모르게 '청년'이라는 글자에 호기심이 간다.

손수 새로운 것을 만들어보는 공작도 재미있지만 젊은이들이 만들어내는 특화된 상품들을 보고 만지고 아이디어를 상상하는 것만으로도 가슴이 뛴다. 그것을 보고 나면 손자들에게 말해줄 것도 있을 것 같았다. 가장 흥미를 끄는 것은 '랜드마크 프로젝트, 부산 바다를 담다'로 명명된 캔들이다. 유리잔 안에 바닷모래를 깔고 그 위에 소라, 조가비, 해초 따위를 올려놓았다. 이것이 부산 바다이다. 이것을 투명양초가 바닷물이 되어 고정시켰다. 중앙에 심지가 박힌

동그란 양초가 있다. 불을 켜니 촛불이다. 도란도란 운치가 말을 건다. 그 외에도 많은 제품을 보고 싶었다. 청년들의 반짝이는 아이디어의 표현이기에 더 그랬다.

여행 마지막 날 오전이다. 많은 기대를 하며 609 청년몰을 찾아 나섰다. 2층 입구 계단을 만났다. 이리 올라가면 청년몰이다. 설렘이 왔다. 올라가기 전 간판과 계단을 넣어 사진을 담았다. 뚜벅뚜벅 올라섰다. 그런데 불빛이 없다. 컴컴하다. 이게 어떻게 된 거야? 잘못 왔나? 별생각이 다 들었다. 장님 문고리 잡듯이 상점들을 힐끔거리며 조심조심 통로를 걸어 들어갔다. 휘황찬란할 것이라고 생각했던 곳이 빛도 없는 어두컴컴한 곳이라니. 이 무슨 해괴한 일이란 말인가.

너무 이상하다. 다행히 한 곳이 열려 있다. 반가운 마음에 허겁지겁 물었다. 가고자 하는 '랜드마크 프로젝트, 부산 바다를 담다' 상점을. 컴컴한 통로를 기웃거리며 알려준 대로 찾아갔다. 다행히 그곳엔 전등이 하나 켜져 있었다. 그 전등 빛은 찾고 있는 캔들 액자를 비추고 있었다. '아, 여기다'라는 생각이 들었다. 그러며 느낌이 왔다. 얼마나 애지중지했으면 저 등을 켜 캔들을 비추고 있게 하였을까.

그 빛에 의해 겨우 다른 물건들이 희끄무레하게 보인다. 상점 크기가 5미터에 2.5미터쯤 될까. 어느덧 눈도 어둠에 익숙해졌다. 뽀얗게 먼지를 뒤집어쓴 캔들이 보인다. 어떻게 할까? 그래도 왔으니 마음에 드는 캔들을 찾자며 상점 안으로 들어가려고 하니 작은 입구 통로를 의자가 막고 있다. 의자를 치우며 보니 연락처가 있다. 통화가 되었다. '지금 어쩔 수 없어 다른 곳에 와 있다'며 힘 빠진 목소리다. 대뜸 알 수 있었다. 이 젊은이가 코로나바이러스에 벼락을 맞은 거다. 너무 마음이 아팠다. 조명이 있어 이나마 사진도 찍고 캔들도 볼 수 있어 다행이다. 새로운 아이디어다. 이것이 바로 청춘이고 용기다. 나머지 상점들도 이런 아이디어의 상품들이었을 터인데 볼 수 없다니 안타깝다.

조금 지나니 틱톡 메시지가 왔다. 캔들 가격을 보낸 것이다. 소주잔 캔들 5천 원, 작은 캔들 9천 원, 그리고 계좌번호다. 이것을 보고 나니 용기가 생겼다. 먼지가 소복이 쌓인 것들을 닦아가며 골랐다. 그렇게 가져왔고 잘 닦아 나의 책장에 가지런히 놓았다. 609 청년몰의 '캔들'을 가져온 기념이라고 사진도 담고 양초에 불도 붙여보았다. 아주 그만이다.

청년몰을 내려오다가 생각이 났다. 왜 이렇게 을씨년스럽게 상가가 변해버렸는지 알고 싶어졌다. 한쪽 코너에서 혼자 문을 열고 있는 '근대흑백사진관 그리다'로 갔다. 물었고 이유를 들었다. 일월 말 코로나바이러스가 오더니 찾아오는 사람이 줄기 시작했고 점점 더 심해지더니 그것에 비례하여 상점들도 하나둘 문을 닫게 되었단 다. 그렇게 변하여 오늘에 이르렀겠지 하는 생각이 들었다. 마음이 아파 더 물을 수 없었다.

굳건히 혼자서 문을 열고 있는 젊은 사진사가 가상했다. 사진을 한 장 담을까 하는 생각이 얼핏 들었지만 그렇게 하지 않았다. 몇 개월 전 목포 시화마을의 바보사진관에서 똑같은 감정으로 담아온 흑백사진이 있었기 때문이다. 그냥 돌아섰다. 그게 잘못이었다. 아 낄 게 따로 있지! 집에 오고 나니 사진을 안 담고 온 게 너무 후회스 러운 일이 되어 자꾸만 마음을 아프게 한다. 사진사와 상의하여 목 포와 다르게 더 멋지게 담을 수 있었을 터인데 그냥 오다니 이 무슨 바보 같은 짓이란 말인가. 그 순간 사진을 담았다면 상호 간에 티끌 같은 기쁨과 용기가 되었을 텐데 말이다.

삶은 문제와 고통의 연속이라고 했다. 현재의 아픔과 시련이 성 장의 디딤돌이 되는 기회가 되길 바라는 마음 간절하다. 통성명을 나누진 못했어도 텔레파시를 띄운다. '잘 이겨내라! 지금의 아픔이 거름이 된다.'

아날로그, 그리고 디지털

두 세대 간의 필기도구가 이렇게 달랐다.
할배는 메모지에 적었고 세 멋쟁이는 폰에 담고 있다.
젊음을 따라가기가 벅찰 때가 너무 많았지만
그때 제대로 해냈어야 했다.
사진 배우러 다닐 때다.

5 / 어쩌나? 도루묵

입에 맞는 먹거리를 만난다는 것은 소풍 가서 보물찾기 하는 것 이상으로 어렵다. 무엇보다도 도루묵이 더 그렇다. 쉬울 것 같은데 왜 그럴까?

1977년 연말에 설악산을 가다가 한계령 휴게소에서 차를 주차했다. 어슬렁거리고 있는데 건설일꾼 서너 명이 막사 안에 있는 게 보였다. 문 유리창을 통해 들여다보니 난로 주위에 삥 둘러앉아 있다. 연탄불에 생선을 굽고 있다. 거기에 소주도 곁들이고 있다. 좋아 보였다. 십 초일까 이십 초일까 들여다보고 있는데 내 쪽으로 앉았던 사람이 나를 향해 손짓을 한다. 들어오란다. 이게 술꾼들의 인심인가. 귀한 자리를 마다하고 싶지 않았다. 용기를 내어 들어갔다. 합석이다.

그때 연탄불 위에 있던 생선이 '도루묵'이다. 도루묵이 그렇게 맛이 있는지는 난생처음 알았다. 소주를 좋아하는 편이다. 보통 술 안주로 음식을 이용하는 편인데 이날은 도루묵에 소주가 먹히는 형편이 되었다. 주객이 전도된 것이다. 빨간 연탄불 위 석쇠에 놓인, 아침에 잡아 올린 생물인 도루묵에 굵은 소금을 척척 뿌려대며 굽던 그들의 솜씨는 늘 하는 것 같은 자연스러움 자체였다. 하얀 살맛도 달콤하지만 녹두 크기만 한 노란 알들이 입속에서 터지며 진한 풍미를 뿜내던 기억, 잊히지가 않는다.

그 맛을 못 잊어 동해안 쪽으로 갈 때면 눈여겨보는 편이다. 오랜 세월을 지냈지만 만날 수 없었다. 그렇게 오매불망 지내던 중 어느 해 가을철에 동해안을 갔다가 드라이브를 한다며 삼척을 지나고 있는데 '도루묵 전문 식당'이 눈에 들어왔다. "와, 저거다!" 그렇게 해서 우리 일행 두 부부 네 명은 내 제안에 그 식당엘 들어갔다. 굽는 거로, 찜으로 두 가지를 즐겼다. 주방에 들어가 조리하는 것도 사진에 담았다. 별걸 다 궁금해한다. 내가 생각해도 좀 그렇다. 굽는 쪽 가스 화덕은 위쪽에서도 화력을 아래로 내뿜고 있다. 그러니까 위아래 쌍방향이다. 그때가 언젠가? 까마득한 옛날인데 벌써 그런 화덕을 쓰고 있었다. 그날 맛나게 먹고, 그다음 날 또 갔다. 그건 순전히 내 설레발 때문이다. 그렇게 연이어 두 번을 맛나게 먹었지만, 한계령 막사 맛에는 못 따라간다. 아쉬웠다.

오늘 아침2018.11.23 조선일보에서 도루묵을 만났다. 칼럼 제목도 '지금 안 먹으면… 말짱 도루묵'이다. 먹으라고 협박 조다. 거기에 부제가 '본격 산란기… 동해안서 제철'이다. 또 77년 막사의 도루묵이 생각나며 침이 꿀꺽 넘어갔다. 추억을 떠올리며 계속 읽어 내려갔다. 그리고 알게 되었다. 왜 그때의 맛이 특별했었는지를. 칼럼 글의 일부를 옮긴다.

"도루묵은 이맘때만 맛볼 수 있는 동해안의 별미다. 도루묵은 치어기 때 깊은 바다로 이동했다가 산란기가 되면 동해 연안을 찾는다. 본격적인 산란기는 11월부터 12월까지다. 이맘때면 동해안 일원에선 알이 꽉 들어찬 알 도루묵을 맛볼 수 있다. 도루묵은 비린내가 없고 담백한 것이 특징이다. 도루묵은 구워 먹어도 좋고, 탕이나 조림으로 요리해도 일품이다. 특히 연탄불 위에서 굵은 소금을 척척 쳐가며 구워낸 도루묵은 고소함이 배가된다. 도루묵이 알배기면 더 좋다. 입안에서 알이 톡톡 터지며 독특한 맛을 선사한다."

77년의 도루묵은 위의 칼럼에서 말한 그대로였다. 그때 그 맛이 맛있을 수밖에 없었던 것이 확연히 드러났다. 제철 생물에, 연탄불에, 굵은 소금을 척척 뿌려가며 구워대던 그게 정코스의 요리방법이었던 것이다. 거기다 인심 후덕한 건장한 건설 인부들의 마음씨까지 보태어졌으니 그 맛을 어디서 찾을 수 있겠는가. 그 바람에 이때까지 그 맛의 도루묵을 만날 수가 없었던 것이다. 다음부터는 제철 11월에서 12월에 연탄불에 굵은 소금을 뿌려대는 방법으로 해내는 곳을 찾아 나서야겠다는 생각으로 정리했다.

칼럼을 보게 되면서 곧바로 "간다!" 그리 생각했다. 그러나 동시에 "가면 안 돼!" 하는 생각도 일어났다. 이유는 하나다. 즉흥적으로 떠오른 욕망에 따라 움직이면 안 된다는 것이다. '그래 가지고 어떻게 글공부를 해내겠니?' 그런 생각이 든 것이다. "어쩌나? 도루묵!"

제6장

부부애

1 지남철 부부 애정사

여자는 여자대로, 남자는 남자대로 자기만이 갖는 고유한 아우라가 있어야 한다. 그것으로 느끼게 되는 끌림과 설렘은 어디서도 맛볼 수 없는 매혹이다. 거기다 서로가 '제 눈에 안경이 되어 준다'면 그야말로 딱 찰떡궁합이 되는 거다.

대전극장 앞 같은 동네 사는 또래의 여학생을 보면 마음이 달뜨곤 했다. 하루는 친구들과 헤어져 집엘 가다가 먼발치에서 나를 보며 멍때리고 있는 그녀의 시선과 마주쳤다. 집 대문에 기대어 나를 쳐다보는 게 '쟤도 나에게 관심이 있네'라고 느꼈지만 더는 진전이 없었다. 여자보다는 친구를 좋아하던 중3인 데다 이성에게 수줍음을 타는 영향도 있었을 것이다.

고3 말에 한 이성과 사귀게 되었다. 군軍을 거쳐 사회생활 초입까지 인연은 계속되었다. 이상한 것은 한참 나이에 불꽃이 튈 만도 한데 그렇지 못했다. 지금 생각해보니 그녀가 나를 끌어당기는 자성磁性이 나와 안 맞았던 것 같다.

군에 있을 때, 친구의 사촌 동생인 'J'를 알게 되었다. 지금도 첫 만남의 황홀함을 기억한다. 미모도 멋졌고 삼원색의 빗살무늬 스커트와 블라우스의 옷맵시도 무척이나 싱그러웠다. 얼마 안 되어 부대로 편지가 왔는데, 글씨체와 편지에서 오는 풍미도 마음에 들었다. 그녀는 그렇게 내 가슴으로 밀고 들어왔다.

그리고 일 년이 지나 베트남에서 돌아와 조치원 51사단에서 제대했다. 마음 맞는 몇몇 전우들과 부대 앞에서 제대를 축하한다며 마음껏 마셨다. 헤어져 버스를 탔는데 집으로 가는 대전행 버스를 타겠던 사람이 J 양이 사는 천안행.을 타고 있었다.

처음 만나고 나서 소식 없이 지내다가 집으로 찾아갔는데 반가움을 표하며 스스럼없이 대하는 게 마음에 들었다. 몇 분의 가족도

엉겁결에 인사를 나눴다. 마음에 있는 것을 꾸밈없이 드러내는 것이 오히려 자연스럽고 내 스타일에 맞았다. 사는 곳이 달라 만나는게 쉽지 않았지만 어쩌다 만나면 시간 가는 줄 모르며 시간을 물 쓰듯 했다.

밖으로 자주 나가다 보니 '장사하는 데 방해가 된다'며 부모님은 빨리 두 애를 짝지어야 한다며 일사천리로 진행시켰다. 양가 부모님이 만나고 약혼식과 결혼식도 번개 치듯 지나갔다. 그러고 나니 정말 가게 일에 전념할 수 있었다.

결혼하면 좋은 일만 있는 줄 알았다. 아니었다. 예상하지 못한 일들이 생겼다. 나를 홀리던 '매력'을 뽐내며 밖으로 도는 게 싫어, 외출을 못 하게 하느라고 격렬히 다투곤 했다. 2남 1녀를 두었다. 육아에서도 모유냐 분유냐를 가지고도 부딪쳤다. 학교엘 찾아다니는 치맛바람 때문에도 오랫동안 언쟁이 있었다. 옷을 사러 가면 다투기 일쑤다. 실용적이면 충분하다는데, 여자는 옷이 날개라며 백화점에서 일류만 사들인다. 언쟁 중 아내가 "나에겐 당신이 이 세상 최고의 남자다. 그렇다고 당신 틀에 맞추려고 하지 마라. 그렇게 살순 없다"며 거부한다. 참으로 맹랑하다. 맞을 듯 맞을 듯, 따라올 듯 따라올 듯하면서도 늘 원위치다.

식성이나, 음악, 영화, 여행이 잘 맞는다. 군말이 없다. 무엇이든 "좋다!"이다. 그래선지 서로 안 맞는 것 때문에 늘 지지고 볶으면서도 바로 희희낙락이다. 미주알고주알 따지고 부딪치면서도 금세 풀어진다. 참으로 희한하고 편리한 '남과 여'다.

노래방 개업을 한 친구를 돕는다는 마음으로 다니기 시작했는데 노래를 부르다 보니 둘이서 즐거움에 빠졌다. 장단이 잘 맞는다. 목청을 높인다. 가무와 함께 나누는 정담도 맛있다는 걸 알게 되었다. 싫지 않아 습관이 되었고, 모르던 재미와 정이 새록새록 돋는 걸 느낄 수 있었다. 아내가 애인도 됐다 친구도 됐다 하는 게 정말 마술이었다.

"화를 낼 때 당신은 더 멋져!" 영화 〈자이언트〉에서 아내 레슬리가 화를 내는 남편 빅 베네딕트에게 하는 말이다. 남편의 매력에 빠졌기에 할 수 있는 말이다. 그러면서도 자기 철학이 확실하다. 멋지다. 둘은 티격태격하면서도 이내 알콩달콩이다.

아내가 마음에 안 들 때가 있어 이대로 살 수는 없다며 갈라서겠다고 여러 번 마음먹었다. 그럴 때마다 실행하지 못하게 방해를 한 일등공신이 바로 그녀만이 가지고 있는 아우라다. 나를 끌어당기는 지남철의 힘이 세다. 그것이 말하곤 했다. '되도록이면 참아라, 이 정도 여자 쉽게 못 만난다!'

2 / 김밥 먹으러 갈까

오 년 전 이른 여름철의 늦은 오후다. 그 무렵 대전중앙시장 본정통에서 마음에 드는 김밥집을 만났다. 그날은 오랜만에 카메라를 목에 걸고, 사진 찍을 것 뭐 없을까 하며 시장을 어슬렁거리다 만난 집이다. '옴시롱 감시롱'이라는 간판이 눈에 들어왔다. 손이 닿을 만한 높이에 크기라야 10×40센티미터인 조그마한 몸매다. '뭐 이런 게 다 있어?'라며 내려다보니 김밥집이다. '와, 이름 하나 잘 지었네'라는 생각이 들었다. 그런데 이름만큼이나 김밥도 맛나 보였다. 정말 맛있다. 그 바람에 굶은 점심과 이른 저녁 몫으로 2인분이나 먹게 되었다. 먹으며 이런 생각이 들었다. '간판

작다고 깐볼 거 아니네.'

한국전쟁 통에 피난 내려온 후 시장 속에서 살아서 그런지 시장을 좋아하는 편이다. 장사를 할 때야 그렇다 치더라도 떠난 지가 40여 년이 넘었는데도 시장을 자주 다니는 편이다. 제일 좋아하는 건 사람 냄새가 풀풀 나는 거다. 꾸밈이 없는 것도 좋아한다. 먹거리도 만나고 사람 구경도 하고 활력도 받으며 장도 보곤 한다. 일석오조다. 그래서 자주 가게 되나 보다. 4년 전인가 원동 제일교회 자리에 한 층에 200평 정도나 되는 4층의 주차 빌딩이 생겼다. 갈 때마다 주차 때문에 속을 썩이던 불편함이 한 방에 해결이 된 것이다. 너무 좋다.

다음 날 아침을 먹으며 생각이 났다. 어제 먹은 김밥이. 하루도 못 배겨 점심으로 김밥을 먹으러 가자고 아내를 꼬여 출발했다.

주차 빌딩에 주차를 시키고 김밥집을 향해 힘차게 걷는다. 좌우로 캠핑용품, 군용품 담요, 조끼 따위를 파는 가게들이 올망졸망하다. 우측으로 중간쯤엔 옷 수선집도 있다. 이 집은 사장 혼자서 일을 하는데 미싱이 세 대나 놓여 있다. 꿰매는 것에 따라 사용하는 미싱이 다르다. 말수가 적다. 묻는 것 외에는 말이 없다. 무뚝뚝한 건 아닌가 하는 감이 있지만 그건 아닌 것 같다. 가게 안에 덕지덕지 붙어 있는 액자나 여러 가지 마음에 닿는 문학적 글귀들이 속마음을 대신하고 있는 것이라는 생각에 그리 보게 된다. 옷을 몸에 맞추느라고. 나는 일 년이면 서너 번은 이 집을 다닌다. 수선은 너무 맘에 든다.

큰길로 나서면 중교통이다. 그 사거리를 건너야 한다. 차들이 쌩쌩거리니까 좌우를 두리번거리며 건넌다. 들어서면 잡화상과 옷가게들이 즐비하다. 스님 전용 옷가게도 있다. 이곳을 지나면 순대를 파는 아줌마들이 도로 중앙을 차지하고 앉아 불러댄다. 순대 솥과 좌판을 놓고 맛있으니까 앉으라고 호객을 한다. 소주와 함께 여러 번 앉았다. 열심히 사는 분들이다. 이곳을 지나면 나오는 길이 중앙시장 본정통이다. 여기서 좌회전해서 20여 미터쯤 가면 오늘의 목적지 '옴시롱 감시롱' 김밥집이다. 이 집도 길 중앙에 있다.

어제 보았던 간판이 나를 보며 빙그레 웃는다. 가게를 위에서 내려다보면 외곽의 크기가 3미터에 1.5미터 정도밖에 안 되는 사각형이다. 작다. 거기에 손님들이 음식을 먹을 수 있게 15센티미터 넓이로 안쪽으로 대臺가 붙어 있다. 안에서 보면 김밥을 싸는 곳이 왼쪽이다. 그 대에는 김밥재료들이 빼곡히 놓여 있다. 어묵, 무, 계란 따위를 삶는 칸이 나누어진 4각 통이 있고, 계란빵 찜통이 그 우측에 놓여 있다. 부부가 한 팀인데 여사장은 김밥 대 앞에, 남자 사장은 어묵과 계란빵 통 앞에서 일한다. 근무 위치가 어제와 같다. 움직일 틈이 없어 보이는데도 천만의 말씀이다. 있을 건 다 있고 움직이는 것도 자유자재다. 이렇게 사는 분들을 보면 기분이 좋다. 이게 바로 궁즉통窮則通이다.

참 기분 좋은 날이다. 이 집 김밥은 특별해서 더 그렇다. 김 한 장을 놓고 고슬고슬한 밥을 쭉 펴서 마는 듯하더니 곧이어 중간에 반장을 더 넣고 게맛살, 우엉, 단무지, 햄, 오이, 계란 따위를 넣고 탱탱하게 만다. 밥과 찬이 정연하게 분리가 되는데 보기도 깔끔하다. 손놀림이 잽싸다. 기름칠도 한다. 김밥과 함께 먹는 소스도 특별하다. 어떻게 했는지는 모르지만 청양고추와 마늘과 실파, 부추 따위를 넣어 양념소스를 만들었다. 이게 바로 입맛을 돋게 하는 이 집만의 비법인 것 같다. 먹어보니 확실하다. 분명 이 집만의 노하우다.

거기다 특별한 게 또 있다. 어딜 가나 김밥 한 줄 천오백 원인데 이 집은 이천 원이다. 맛본 다음엔 다른 집으로 못 간다. 정말 작전이 괜찮다. 단단하고 굵어서 양도 실하고 맛도 그만이다. 가치가 오백 원 이상이다. "김밥 먹으러 갈까?" 하면 가게 되는 단골집이 되었다. 참 마음에 든다.

브라보

"브라보!"
행복은 작은 곳에 있다는 생각이 든다.
설날 해가 제일 먼저 뜬다는 간절곶에 해맞이를 갔다.
설날이라 그런지 많은 분들이 새해를 즐기고 계셨다.
카메라를 들고 이곳저곳을 기웃거리는데
이분들과 눈이 맞아 바람이 났다.
좋은 분들 만나 재미있게 사진도 담고 술도 마셨다.
감사하다.
여행은 이래서 자꾸만 가게 된다.

3 배려하는 마음이 준 선물

할배는 할매보다 먼저 세상을 떠나야 한다. 칠십 대에 들어서며 그렇게 생각하게 되더니 지금은 불문율이 되었다. 나보다 세 살 아래인 아내는 당연히 더 살 것이다. 하지만 재수 없이 아내가 먼저 떠나는 날엔 제일 두려워하는 생고생길에 들어서는 거다. 여자는 남자 없이도 잘 살아낸다. 주위와도 쉽게 친해진다. 자식과는 말할 것도 없다. 하나 할배는 그런 재주가 없다.

"나는 수명이 짧고 당신은 수명이 길대요." 사십 대 초에 아내가 한 말이다. 특별하게 뜻을 둔 것은 아니었겠지만 여러 번 흘리듯 이야기했다. 거기다 처갓집 여자들은 췌장암에 약한 내력도 있다. 아내가 먼저 떠날 수 있겠다는 정도로 가볍게 생각했던 사연이 칠십이 넘더니 재수 없으면 아내가 앞설 수도 있다는 두려운 생각으로 바뀌었다.

아내가 점집을 좋아한다. 못 다니게 하지만 안 간다고 하고 또 간다. 막무가내다. 자기와 가족들에 관한 것이 궁금해 못 배긴다. 갔다 오면 그걸 곧이곧대로 이야기하니 다녀온 것은 물론 내용까지도 다 알게 된다.

본태성고혈압이 집안 내력이다. 이것을 안 것은 군 입대를 앞두고 건강을 체크할 때다. 담당 병사가 혈압을 여러 번 재더니 고개를 갸웃거리며 장교에게 보고한다. 장교가 왔지만 수치는 마찬가지다. 생각하는 듯하더니 그냥 통과시켰다. 입대하면서 혈압에 문제가 있다는 것을 알았지만 잊고 살다 50대 초반에 혈압이 너무 높은 걸 다시 알게 되었다. 혈관이 터질 정도의 수치로 종합병원으로 보내졌다. 의사는 '어떻게 이러고 살았냐'며 의아해한다. 약과 운동 처방을 받았다. 약은 복용으로 끝나지만 운동은 해나가는 게 쉽지 않았다. 빼먹는 날이 적지 않다. 부모님이 뇌질환으로 돌아가셨다. 이러다가는 나도 당하는 게 아닐까 하는 두려움에 비상약으로 청심환을 마련했다. 당시는 귀한 약제로 한의원을 통하여 대량으로 조제

했다. 가지고 다니다 무리하고 있다는 생각이 들면 복용하곤 했다. 덕분에 업을 지탱하면서도 혈압을 견뎌낼 수 있었다.

부모에게서 받은 기질 중 '인내하지 못하고 중간에 포기를 잘하는 습벽'이 있다. 적당히 하거나 건너뛴다. 이성보다는 감성에 잘 빠진다. 영양가도 없는 재미나 즐거움에 집착한다. 먹는 것도 몸에 이로운 것보다는 입이 좋아하는 것을 즐기는 편이다. 단것을 좋아하니까 당뇨가 올 수 있다는 걸 알면서도 이 정도는 괜찮으려니 하며 적당히 즐겼다. 삼 년 전 의료보험공단으로부터 통보를 받고서야 당뇨가 온 것을 알았다. 이 병은 고혈압보다 어려움이 더 많다. 입으로 들어가는 모든 음식이 혈당에 영향을 준다. 몸이 정상일 때 조금만 신경 썼더라면 되었을 것을 무심히 넘기고 보니 어려움이 이만저만이 아니다.

혈압으로 몸에 적신호가 오고서야 운동의 필요성을 느꼈다. 보문산을 다니며 걷게 되었는데 시간이 너무 걸리니 빼먹는 날이 많다. 그러면서도 그럭저럭 견뎌내다 보니 그마저도 유명무실해졌다. 의사 앞에 가면 늘 지적이다. 불안하게 지내다 마음에 드는 방법을 만들어냈다. 산으로 안 가고 집 주위를 걷는 것이다. 그렇게 하고 나니 같은 칠천 보인데도 시간은 반 이하로 줄었다. 이제는 안 걸으면 마음이 불안해진다. 덕분에 빼먹지 않고 걷게 된다.

매일 한 시간 반을 걷는다. 당수치가 떨어지니까 걷게 되었는데 좋은 게 너무 많다. 머리를 복잡하게 만들던 많은 생각거리들이 정리가 되어 머리가 맑아진다. 관절 마디마디도 유연해진다. 몸도 가볍다. 밥맛도 좋다. 걷는 것이 이렇게 좋은 것이라니 일찍 실행했어야 하는 것이었다. 늦었지만 지금이라도 하고 있으니 다행일 뿐이다.

삼십 대 장사꾼 초기에 도부꾼이 한 분 있었다. 약간 허리가 앞으로 휜 늙수그레한 장년층이다. 그분이 갖다 파는 물건은 다듬돌, 맷돌이다. 등허리에 매고 다닌다. 하루에 한두 개 정도씩 판다. 그러던 분이 일주일 정도 결근을 하니 궁금하기도 하고 걱정이 되었다. 대동산1번지라는 것만 알고 찾아 나섰다. 다 쓰러져 가는 단칸방에 혼자 누워 있었다. 그 누추하고 을씨년스러움이라니…. 아내는 나가버렸고 혼자 산 지가 10년이란다. 그때 알았다. 아내가 없으면 집 안이, 남편의 신세가 어떻게 되는지.

위암 수술을 하고 나서 건강이 얼마나 중요한지 알게 되었다. 예순둘 때다. 여러 가지 영양제를 복용하기 시작했다. 이때 신통한 일이 생겼다. 혼자만 복용하기가 미안하다는 생각도 있었지만 아내의 건강이 내 건강보다 더 중요하다는 생각이 든 것이다. 모든 영양제를 부부간에 함께 복용하는 것으로 상의했다. 생각 이상으로 좋아한다. 위암 환자를 위해 해야 하는 병구완에다 업을 접고 집에서 지내는 시간이 많아진 남편에 대해 한마디 군말이 없다. 자연스럽게 서로 간에 소중한 상대로 인식되며 좋은 교감이 오고 가기 시작했다. 그렇게 시작된 부부간의 배려하는 마음은 양질의 선순환구조를 만들어냈다. 지금도 현재진행형이다.

4 남편 그만두고 싶다

아름다움에 대한 아내의 집착은 본능일까? 백화점을 함께 다니며 두 손, 두 발 든 적이 한두 번이 아니다. 지나치게 고른다. 심지어는 식재료 사러 가서도 번번이 놀라곤 한다, 오이, 당근, 파 따위를 사면서도 잘생김과 못생김은 물론 색깔마저 따진다.

팔십이 되면서 소화력이 떨어지고 있는 걸 느끼게 되었다. 심하지는 않지만 아주 조금씩 떨어지는 게 아닌가 하는 감이 온 것이다. 조심하는 수밖에 없다. 소화제도 상비하게 되었다. 그러나 무엇보다 중요한 것은 맛있다는 생각이 들도록 자기 입에 맞는 음식이어야 하고 되도록 여러 번 꼭꼭 씹어서 먹는 거 외엔 뾰족한 방법이 없지 싶다. 다행히 아내의 손맛이 좋은 편이다.

하루 세끼를 먹는다. 아침은 식탁에서다. 식사하면서 신문을 처음부터 끝까지 다 읽는다. 스크랩도 하고 기사별, 주제별 분류도 한다. 이것들은 낮에 틈틈이 읽는다. 점심과 저녁은 거실의 텔레비전 앞에서 먹는다. 뉴스, 영화, 관심거리에 빠져서 휴식을 겸하는 행복한 시간이다. 상을 차려 텔레비전 앞에 갖다 놓는 건 아내 몫이고 식사가 끝나면 주방으로 갖다 놓는 건 되도록 남편이 해야 한다고 생각하고 실행하고 있는 중이다.

가려움 때문에 산에서 일 년 반을 산 적이 있다. 다녀오고 나서 전부터 들고 다니던 목재 밥상이 무거워졌다는 걸 느끼게 되었다. "아니, 이게 왜 이리 무거워졌지?"라며 아내와 여러 번 이야기를 나눴다. 내가 힘이 약해졌나? 나이가 많아지면 이런 것도 바뀌나? 투덜거리면서 밥상을 가장 가벼운 것으로 바꾸는 게 좋겠다고 의견을 모았다.

대전 중앙시장에서 사회생활을 시작했다. 고향 같기도 하고 어디에 뭐가 있는지도 훤하다. 아내와 함께 가서 상을 팔고 있는 가게를 훑었다. 일곱 집 이상을 다녔지만 결론을 못 낸다. 남편은 딱 한

번 보고 가장 가벼운 '둥근 양은 상'으로 결론을 냈는데 아내는 마음에 안 들어 한다. 싸구려 같고 너무 볼품이 없단다. 또 맵시를 따진다. 참 문제다. 생김새가 그렇게나 중요한가. 고르고 골랐지만 끝을 못 봤다. 더 다니잔다. 짜증 난다. 남편 그만두고 싶다.

　문창시장으로 가잔다. 그곳도 좋아하는 구석이 있어 가끔 다닌다. 명절 때나 큰일이 있을 때는 잘 만들어놓은 전을 비롯한 음식들을 구입할 수 있고 식재료도 약간 저렴한 듯하여 다니게 된 곳이다. 중앙시장보다는 작지만 나름 자기 색깔이 분명하다. 주차장에 차를 대고 세 곳이나 돌았지만 어느 것으로 할지 결론을 못 낸다. 뭐가 그리도 어렵단 말인가. 이 정도에서 "더 이상 없다. 이걸로 하자"며 돈을 가게 쥔에게 건네며 강권을 발동시켜 마무리를 유도했다. 밥상을 갈자고 할 때 이야기한 대로 '가장 가벼운 상'을 산 것이다, 딱 좋은데 왜 그리도 마음에 안 들어 할까. 여자들에겐 왜 이런 DNA가 있는 걸까. 아니 내 아내만 그런가.

　양은 밥상을 텔레비전 앞에 놓고 기념으로 사진을 찰칵 촬영했다. 계란 노른자 빼고는 다 식물성이다. 가려움 때문에 가리는 게 많다. 상을 사가지고 와 삼 일째 사용 중이다. 사뿐사뿐 무지 가볍다. 한마디 꺼냈다. "좋지? 가볍지?" 상을 놓으며 그렇다고 끄떡인다. 너무 골라댄 게 미안한지 말은 못 하고 끄덕임으로 대신한다. 이렇게 최고로 가벼운 상이 어렵사리 안착했다. 거금 일만 원에 가볍게 들고 다닐 수 있게 된 것이다.

상 사려고 정오 전에 나가서 시장에서 점심까지 먹고 아내의 마음에 드는 밥상을 찾아주겠다고 다녔다. 시장 두 군데를 반나절 이상 다닌 것이다. 뚝딱 하면 되는 일인데 너무 오래 걸렸다. 가벼운 상 하나 사려고 꼭 이래야 하나 하는 생각이 여러 번 들었다. 하지만 어떻게 하겠나. 여자만이 갖는 미적 욕구라며 강짜를 놓는 데는 어떻게 해볼 도리가 없다. '참자! 참자!'라며 조용히 함께 다니는 수밖에….

억지로 다니다가 이런 생각이 들었다. 어쩌다 있는 이런 일은 아무것도 아니라고. 매일 아내가 준비하는 세 끼니 식사야말로 정말 대단히 수고스러운 일이라는 것을 느끼게 된 것이다. 그러고 나니 발걸음도 가벼워졌다. 상 고르기보다 더한 일이라도 나서 주어야겠다고 마음이 정리되었다. 서로 다름을 같음으로 만드는 기특한 날이었다.

아무쪼록 제 마음이

"아무쪼록 제 마음이
하늘까지 닿도록 도우소서."

5   여보, 사랑해

　　신혼여행 후 이제는 재미와 즐거움만 있을 것이라고 생각한 결혼생활은 천만의 말씀이었다. 서로 간에 맞는 기호가 적지 않음에도 불구하고 옷맵시에 관한 한 두 사람은 너무 다르다. 그것은 끝없는 갈등의 진원지였다. 계속 불협화음이 일어났다. 재미와 즐거움, 그리고 트러블이 혼재한 요상한 결혼생활이 되고 말았다.

　　옷에 대해 두 사람이 갖는 생각은 자석의 N극과 S극이다. 사람의 몸을 가리고 보호하는 정도로 생각하는 남자에 비해 여자는 전연 달랐다. 옷은 날개다. 맵시는 튀어야 한다. 그럴 때 즐거움이 생기고 기쁨이고 환희가 있는 것이라고 일가견을 내세운다.

여자의 옷맵시에 대해 남자가 참견을 시작한 것은 결혼 후 즉시다. 이유는 '너무 난하다. 사람 눈에 잘 띈다. 특히 남자 눈에 더 그렇다. 그게 싫다. 수수하게 입어라!'라는 것이 남자의 요구였다. 여자는 즉답을 피했지만 속으론 그랬을 것이다. '이건 말도 안 된다. 아무것도 못 하게 집에만 있게 만들더니 이제는 옷까지 시비를 걸어 못 입게 하다니 이건 아니다.' 여자는 너무 이해가 안 갔을 거다.

둘은 외출도 잦은 편이다. 영화도 보고 술도 한잔한다. 여자는 한 모금도 못한다. 남자는 팔짱을 꼈을 때 여자가 찰싹 달라붙는 걸 더 좋아한다. 겉으로는 표를 안 내지만 그것이 남자의 속마음이다. 다니며 입에 맞는 게 있으면 길거리 좌판에 앉아서도 기쁨을 만든다. 재미나 즐거움이 있는 것이라면 뭐든지, 어디든지 찾아다닌다. 영화나 음악 감상, 심지어 노래방도 곧잘 다닌다. 그렇게 죽이 잘 맞는 편이면서도 어떻게 옷맵시에서는 통일이 안 될까. 너무 이상하다.

남자는 여자와 같이 다니는 곳 중에서 가장 피하고 싶은 곳이 백화점이다. 여자는 쇼핑을 좋아한다. 특히 백화점을 최고로 친다. 쇼핑거리가 있으면 그것을 찾아 룰루랄라 매장 안을 활보한다. 판매

원과 이야기를 나누는 데도 스스럼이 없다. 백화점에서는 남자가 뒤꽁무니다. 지나치다는 생각이 많이 든다. 여자는 그게 아니다. 즐기는 중이란다. 아무리 고객이 왕이라지만 너무하는 게 아닌가 하는 생각에 남자는 안절부절못한다. 쇼핑에도 기술자가 있다면 단연이 여자가 톱이지 않을까. 어찌 되었든 이런 상황이 너무나 마음에 안 드는 남자는 스트레스만 쌓인다.

남자가 좋아하는 모든 것에 함께하는 여자이지만 옷맵시에 관한 한 전연 양보가 없다. 남자로선 도무지 이해가 안 된다. 아무리 이야기하고 설득해도 쇠귀에 경 읽기다. 남자는 자기 생각대로 만들겠다고 점점 더 세게 나간다. 정 안 되면 이혼해야겠다는 생각까지 갔다. 그래 이혼이다. 세게 치고 나가면 꼬리를 내리겠지라고 계산했다. 막상 그것은 큰 오산이었다. 오히려 '좋다, 지긋지긋하다. 해치우자!'고 나선 것이다. 남자는 기가 막혔다. 옷맵시가 그렇게도 중요한가.

싸우고 화해하고 약속하고 원위치가 되고 다람쥐 쳇바퀴였다. '옷맵시는 포기 못 한다. 헤어지든 말든 당신이 원하는 대로 하라!' 는 데까지 갔다. 남자는 '그래 해치우자'고 마음을 먹었지만 막상 쉽지가 않았다. 가장 힘든 게 아이들 문제였다. 애들을 어떻게 한단 말인가. 답이 안 나온다. 어떻게 해야 하나? 끝없이 고민하던 중 어느 책에서 읽었던 '선택을 한 이상 포기해서는 안 된다. 제대로 만들어가는 게 선택의 의무다'라는 구절이 떠올랐다. '이혼이 정말 옳은 방법인가?'라고 되짚어보는 계기가 되었다. '여자를 선택한 이상 헤어져서는 안 된다. 이혼하지 말고 만들어가는 게 내가 할 일이다'라는 생각으로 바뀌었다.

칠십 대 말인 지금도 트러블은 일어난다. 이제는 전과는 다르다. 둘 다 옹고집이 없다. 다름을 인정하고 풀어내고 이해할 수 있도록 서로 간에 배려한다. 고집을 피우면서도 마음에 상처가 생길까 조심스러워한다. 그렇게 지내며 배운 게 하나 있다. 트러블을 풀어갈 때, 설득을 할 때 마지막 말은 늘 "여보, 사랑해~"이다. 이 말이 효과가 있다는 것을 알게 되었다. 이제는 옷맵시가 아닌 다른 경우에도 사용한다. 희한하게도 이 말의 약효는 언제나 수훈갑이다. 여자의 마음 알다가도 모르겠다.

제7장

추
억

1 도꾸

세 살 때 강아지가 한 마리 생겼다. 대사관에 경비견이 필요하여 진도에 내려갔다가 개를 좋아하는 아버지가 한 마리 더 가져왔다. 아버지가 붙인 이름은 '도꾸'다. 전체가 누런색으로 꽉 짜인 몸매에 빨간 혀가 약간 보일 정도로 입을 벌리곤 했다. 양 귀가 쫑긋 솟아오르고 꼿꼿하게 찰진 몸매로 이어지다가 끝 무렵에 한 바퀴 휘익 감아올린 꼬리와 바닥에 꽉 붙인 네 다리가 용맹과 지혜로움을 한껏 드러낸다.

나는 북만주에서 태어났다. 아버지는 해방 두 달 전, 내가 세 살

때 그곳을 탈출하여 신의주를 거쳐 서울 청파동에 보금자리를 틀었다. 극적인 순간에 그곳을 떠날 수 있었던 것은 아버지의 직업이 운전사였기에 정보가 많았고 결단력이 있었기에 가능했다는 생각이 든다. 그때 나오지 못했다면 지금까지도 조선족으로 살고 있었을지도 모른다.

서울에서 아버지가 다니던 직장은 미국대사관이다. 운전사로 근무했다. 운전사가 당시엔 가뭄에 콩 나듯 귀한 기술자였기에 제법 좋은 대접을 받았다며 뽐내곤 했다. 희한하게도 아버지의 외모는 훤칠하여 미국인을 연상케 했다. 후에 아버지를 처음 만나는 사람들이 그렇게 말하는 것도 여러 번 들었다.

효창공원이 내려다보이는 8부 능선쯤에 고급스럽게 새로 지어진 한옥 두 채가 자태를 뽐내며 나란히 서 있다. 첫 집이 우리 집이다. 기와만 빼고 전체가 나무색을 닮은 황색이다. 두 계단 올라서면 대문이다. 대문을 열고 들어서면 한옥이 버티고 있다. 구조는 기억에 없다. 대문을 나서면 바로 앞으로는 효창운동장이 내려다보이고 우측으로 틀면 얼마 안 가 내가 다니던 청파초등학교가 있다.

도꾸와 나는 친한 친구 이상이었다. 언제나 붙어 지냈다. 도꾸도 어려서 왔지만 나도 어렸을 때라 그런지 이심전심으로 통했다. 효창운동장엘 다녀오기도 하고 동네를 돌기도 하며 애틋하게 지냈다. 내가 가는 곳이라면 도꾸도 언제나 함께했다. 함박눈이 오던 날 좋아하며 함께 방방 뛰던 모습이 지금도 눈에 선하다.

나보다 일곱 살 위인 형이 있다. 손재간이 좋아서인지 무엇이든지 뚝딱 만들어내는 신기한 재주를 갖고 있다. 그런 형이 사과 궤짝 세 개 정도 크기의 판자에 바퀴가 넷 달린 수레를 만들었다. 핸들도 있고 브레이크도 있다. 형이 운전하고 나는 뒤에서 형을 꼭 껴안고 효창운동장을 향해 내달리곤 했다. 경중경중 뛰는 도꾸와 형에게 매달린 나는 서로를 격려라도 하듯 소리를 질러대며 즐거움을 만끽했다. 거기에 내 친구 서너 명도 함께 뛴다. 친구들은 수레를 한 번 얻어 타는 재미에 안달을 부리며 따라 뛰는 거다.

일곱 살 때다. 햇볕이 쨍하게 내리쬐는 봄날 오전에 도꾸와 뛰놀던 나는 점심을 먹고 늘어지게 낮잠을 잤다. 그리고 나서 나와 보니 도꾸가 보이지 않는다. 엄마와 할머니께 물으니 조금 전까지 제집에 있었단다. 동네를 이리저리 돌았는데도 안 보인다. 총명한 데다 용맹스럽고 몸집도 커서 모르는 사람에게 붙들려 갈 것 같지 않은데 감쪽같이 사라졌다. 저녁 늦게 들어오신 아버지까지 온 식구가 모여서 의견이 분분했다. 여러 차례 수소문하며 동네를 휘저었지만 헛수고다. 밤은 깊어가고 한숨 소리도 덩달아 길어질 뿐이다. 도꾸가 없어지고 나니 집안도 바람 빠진 풍선처럼 매가리가 없어졌다.

도꾸가 사라지고 반년이 지난 어느 쓸쓸한 가을 초저녁에 아버지가 도꾸를 앞세우고 나타나셨다. 와아, 이건 경사이자 축제였다. 집안 식구들이 모두 나서 반갑다고 도꾸를 불러가며 끌어안고 한동안 법석을 떨었다.

아버지는 퇴근하는 길에 남대문 저잣거리에 있는 대장간에 식칼을 사러 갔다. 두리번거리며 대장간을 찾아가고 있는데 개 짖는 소리에 '어? 도꾸다'라는 생각에 돌아보니 정말 도꾸가 아버지를 향해 짖고 있었다는 거다. 길 건너 저편에서 아버지 나이 또래의 사내가 도꾸의 목줄을 잡아끄느라 힘을 쓰고 있더란다. 달려가 실랑이가 붙어 파출소까지 가게 됐다. 두 사람 주장을 다 듣고 난 순사가 좋은 안이 있다며 두 사람을 저잣거리 뒤편에 있는 공터로 끌고 가더니 다짐을 놓더란다. "두 사람은 저쪽에 떨어져 서세요. 제가 줄을 놓으면 개가 찾아가는 사람을 주인으로 하는 겁니다. 아셨죠?" 순사가 다짐을 놓는데 사내는 떨떠름한 표정이었고 이에 반해 아버지는 자신이 서더란다. 줄을 놓자마자 도꾸는 당연히 아버지를 향해 달려왔다.

"도꾸는 영물이야, 영물!"이라며 도꾸의 등을 쓰다듬어 주신다. 시간이 늦어 식칼을 못 샀다며 어머니에게 다음에 사오겠다고 양해를 구하는 아버지의 모습이 지금도 추억 속에 멋지게 자리하고 있다.

도꾸가 돌아오면서 집안은 빠졌던 바람이 탱탱하게 차며 분위기가 살아났다. 그 후로 도꾸와 가족 간에는 전보다 더 서로를 아끼고 사랑하는 마음이 커진 것 같았다.

2 　달뜨던 시절

　　서울 청파국교 1학년을 마칠 즈음 1·4후퇴 때 대전으로 피난하게 되었다. 사람은 살게 마련인가 보다. 난장판 속에서도 부모님은 가게도 마련하고 대전 인동 한전 옆, 피난민촌의 급조된 살림집도 한 채 불하받았다. 그렇게 대전이 고향이 되었다.

　부모님은 새벽에 나가면 가게에서 저녁까지 해결하고 이슥해서 귀가한다. 그 바람에 일 학년에 다시 입학한 나는 자유롭게 재미있는 것들을 찾아다니며 놀이에 빠져 지낼 수 있었다. 집에서 문을 열고 오른쪽으로 몇 발짝 나가면 바로 큰길이다. 그곳엔 어마어마하게 큰 은행나무 두 그루가 길을 사이에 두고 대각선으로 서 있다.

그곳이 개구쟁이들의 놀이터다. 자치기, 딱지치기, 구슬치기, 똥침 놓기, 작당해 친구 자빠트리기, 리을가이생 등 여러 가지 놀이에 빠져 즐거워서 어쩔 줄 몰라 하며 지내던 곳이다.

집에서 문을 열고 왼쪽으로 틀어 쭈욱 나가면 대전천川이다. 둑방에 올라서면 오른쪽으로는 대흥교橋가 있고 왼쪽으로는 보문교가 보인다. 대전천은 대전의 중심이었다. 모래와 자갈이 메워진 바닥은 깨끗했고 물도 맑았다. 장난꾸러기들은 피라미 잡고 미역 감고 퐁당거리며 여름을 재미있게 보냈다. 하루 종일 놀다가 피라미는 늘 놓아주곤 했다. '이놈들도 다 식구가 있을 테니 집으로 보내주자'며 천사가 되곤 했다. 계단을 내려가면 한쪽으론 빨래터가 있었는데 여자들이 나란히 앉아 빨래하던 모습이 지금도 눈에 선하다.

장마철이다, 황토물이 오십 미터가 넘는 양쪽 둑방을 가득 메운 채 넘실넘실 기세 좋게 철렁인다. 물살도 대단하다. 장난꾸러기들이 어떻게 이걸 보고만 있겠는가. 앞 둑방으로 헤엄쳐 가는 걸로 내기를 하였다. 놀이를 좋아하던 한 친구의 제안이다. 다섯 명이 참여했다. 나머지는 구경꾼이다. 물살이 세니까 직선으로는 못 간다. 흘러내리며 건넌다. 건너편 둑방에 제일 먼저 닿는 애가 우승이다. 정해진 순서대로 일등에게 구슬을 바쳐야 한다. 진 아이들이 식식거리며 다시 하자고 앞선다. 이렇게 하여 원위치로 돌아오면 기진맥

진이다. 정말 스릴 있고 재미가 듬뿍이었다.

　가만히 있어도 땀이 나는 대전의 첫여름 삼복의 어느 밤이다. 황토물이 잦아들어 정화수만큼이나 맑아졌다. 깊이도 알맞게 무르팍 정도가 되었다. 낮에 땀을 뻘뻘 흘리며 지내던 피난민촌 남녀노소가 저녁에 캄캄한 냇가로 모여들었다. 용케도 남자 여자의 구역이 정해진다. 벗고 스르르 물로 미끄러져 들어간다. 시원함이 극치다. 참으로 묘한 건 끼리끼리 모인다는 거다. 여자는 여자들끼리, 남자는 남자들끼리, 아이는 아이들끼리. 이게 사회적 동물의 자연스러운 조화인가. 별스러운 '대전천 심야목욕'은 한 번으로 끝났다. 다음의 기억이 없다. 어디에 문제가 있었는지 모르지만 더 이어지지 않았다. 어른들 생각으로는 아무리 난리 통이라지만 이건 아니지 싶었을는지도 모르겠다. 내 생각으론 아쉽다. 시원하고 재미있고 호기심이 이는 게 많았는데….

　이날 밤 가장 호기심이 컸던 일이 있다. 마음에 들어 하던 또래의 옆집 여자애도 둑방에 있었다. 벗는 게 다반사가 되다 보니 그 애 벗은 모습이 그려졌고 보고 싶어진 거다. 되도록 가까이 가겠다며 거북이처럼 표 안 나게 슬금슬금 여자 쪽으로 긴다. 하지만 아무리 기어도 남자 구역 안이다. 걔는 분명 여자 구역 안에 있을 거다. 아직도 이십 미터 이상 더 가야 한다. 하지만 갈 수 없다. 아무것도 안 보일 정도로 캄캄하지만 그리로 기어가다간 바로 "너, 이놈!" 소리에 포위되고 말 것이다. 무엇 때문에 그리도 보고 싶어 했을까. 본능이었나.

어렸을 때의 일도 쓰고, 얼마 전의 사건도 쓴다. 쓰다 보니 기억에 꿈틀꿈틀 생명이 붙는다. 어제 본 것처럼 생생하다. 늘그막에 글쓰기를 하게 되면서 알았다. 쓰기가 아주 유익하다는 걸. 진솔하고 재미있게 정리되면서 더 나은 내가 탄생한다. 지난날들을 사모하게 되는 것은 물론 아련함이 숨 쉬는 걸 느끼게 되면서 '모든 것은 지나가기 마련이며 지나간 후에는 친근한 그리움만을 남긴다'는 알렉산드르 푸시킨의 〈삶이 그대를 속일지라도〉에 나오는 문장이 정말이었구나라며 고개를 끄덕이게 된다.

꽈~아자를 먹으며

너무나 너무나
재미난 날로 기억되는
한여름이어라.

3 빨간색과
2002월드컵

괴테는 말했다. "빨강은 '색의 제왕'"이라고.
이 색은 정열, 열정, 돈, 권위, 기쁨, 환희를 나타낸다.

언제나 어디서나 가장 먼저 눈에 띄는 색상이 빨강이다. 색상 중
에 빨강을 가장 좋아한다. 열정을 갖게 하는 것을 넘어 에너지를 충
전시키기도 한다. 설렘을 주어 젊음을 느끼게 하는 재주도 가지고
있다.

홍콩이나 중국을 다니며 제일 많이 본 색상도 빨강이다. 특히 식

당엘 가게 되면 쉽게 접한다. 온통 빨강으로 도배를 한 것과 같다. 한국에서조차 중국식당엘 가면 그런 집들이 있다. 중국 사람들은 왜 '빨강'에 집착하는 걸까? 이 색상은 고래로부터 권력과 부의 상징이었다고 한다. 왕조의 시대엔 일반인들은 빨간색을 마음대로 사용할 수가 없었단다. 그것이 일반화되면서 자연스럽게 그렇게 되었을까. 추측을 해볼 뿐이다.

일본의 국기엔 달랑 빨강 동그라미 하나가 그려져 있다. 태양이다. 그러던 그들이 제2차 세계대전을 일으키면서 상징으로 내세운 게 태양이 이글거리는 욱일승천기다. 그것은 한눈에 다가와 강한 힘을 느끼게 한다. 하나로 모이게 하는 응집력도 있다. 또한 상징성도 크다. 그것이 제2차 세계대전 때 비행기를 몰고 죽음을 불사하게 하는 용기를 만들어낸 것이 아닐까? 그랬을 것이라고 생각하게 된다.

20년이나 흘렀다. 2002년 대전월드컵축구전용구장에서 미국과 폴란드가 붙었을 때다. 그날 예순이 내일인 사람이 흥분하여 붉은 악마의 '꿈은 이루어진다'는 빨강 티를 입고 축구장엘 갔다. 이날 경기에서 폴란드가 미국을 이겨야 대한민국이 16강에 진출하게 되는 중요한 경기가 있는 날이다.

경기장에 입장하기 전에 폴란드 머플러를 파는 잡상이 있어 다가갔다. 폴란드를 응원하겠다는 마음의 발로다. 빨강 티에 어느 게 더 어울릴지, 목과 어깨에다 이것저것을 요리조리 대보면서 아내에게 봐달라며 어린애처럼 즐기고 있었다. 그것을 폴란드 방송사의 촬영기자가 조금 떨어진 발치에서 찍고 있었는데, 한참이 지나서야 그런 낌새를 알아챘다. 쑥스러웠다. 내 마음을 알아챘을까? 그쪽 일행 중 한 명이 환하게 웃으며 엄지를 추켜세우며 두 손을 흔들어댄다. '최고야! 최고야!'라고. 아니 그건 내가 그렇게 느꼈을 뿐이다. 어린애가 따로 없다. 그냥 좋은 거다. 빨강 티가 만들어준 재미있고 아름다운 추억이다.

무슨 바람이 불었을까? 뜬금없이 빨간색 바지를 샀다. 빨강을 좋아하니까 그랬을까? 어떻게 보면 천박할 수도 있는 빨강 바지를 노년이 어떻게 입겠다고…. 윗도리는 여러 가지를 가지고 있고 입기도 했지만 아랫도리는 난생처음이다. 친구들과 대천으로 회를 먹으러 가면서 용감하게 그 바지에 빨간 티셔츠를 입고 나섰다. 아래위를 온통 빨강으로 휘감은 거다. 거기에 주황색 운동화를 신었으니 어떻게 보였을까. 너무 용감했나 보다. 회를 안주 삼아 소주를 나누던 중 한 친구가 말했다. "야! 내 눈엔 니가 딴따라로 보여. 딴따라!" 어리벙벙했지만 이내 알아챘다. 내가 빨간색으로 도배를 하고 나온 것을 보고 이야기한다는 것을. 입은 사람만 빼고 넷은 전부

별로거나 심하다는 반응이었다.

　그 바람에 비싼 돈 주고 산 바지는 한 번의 세상 구경을 끝으로 옷장 깊숙이 쑤셔 박히고 말았다. 오랜 시간이 흘렀다. 돈값도 있으니 겸사겸사 빨강 바지에게 세상 구경이라도 한번 시켜주고 싶다. 그러면서도 한편으론 쑥스러운 마음에 망설여진다. 하긴 해야 하는데 아직 용기가 덜 찼나. 어떻게 할지 딱 감이 안 잡히지만 머지않아 꼭 입어보고 싶다.

4 추억 속으로, 사유 속으로

1981년의 일본의 인상은 나무가 많다, 시가지가 깨끗하다, 사람이 친절하다는 것이었다. 비행기에서 내려다보이는 산야에 틈 없이 진녹색이 빼곡하다. 귀국하면서 내려다본 김포 주변의 산야는 여기저기 황토 흙이 벌겋다. 비교가 되는 현실이 슬펐다. 그걸 같게 만든 분이 세계적으로 정평이 난 지도자 박정희 대통령이다. 일본어가 짧아 처음에 공항택시를 타고 숙소를 잡았다. 료고쿠 전철역 옆의 료고쿠 호텔이다. 완구제조의 첫 밤이다. 어떤 어려움이 있어도 해내야 한다고 어금니를 물고 또 물었다. 첫날 밤, 꿈도 꾸었다. 좋은 꿈은 이야기하면 파투 난다는 이야기를 들어 지금까지도 비밀이다.

도쿄에서 서민풍의 식당을 다니다 보면 '一品料理일품요리'라는 문구가 흔하다. 간단하게 만들어진 요리마다 값이 매겨졌고 먹고 싶게 단장을 했다. 서민풍의 실비식당으로 사람 냄새도 풀풀 나는 편이라 그런 곳을 좋아하니까 잘 다니는 편이었다. 아침은 전철역 주변에서 먹는다. 공기에 하얀 밥을 담아 낫토를 한 국자 얹어주는 간편식이다. 디근 모양의 식탁에 손님들이 삥 둘러앉아 앞에 놓인 사각 그릇에서 당근 채를 가져다 얹어 먹는다. 주로 전철을 이용하지만 많이 걷는 편이다. 점심시간이 되면 어묵, 초밥, 튀김 등의 정식으로 해결한다. 맛있다.

일본을 가는 목적은 완구 샘플을 찾기 위해서지만 그에 못지않게 재미난 일이 있다. 식도락이다. 아침과 점심은 간단히 먹지만 저녁은 일 끝내고 숙소 근방에서 즐긴다. 해가 지면 네온사인에 휘황찬란한 색상이 붙으면서 거리에 활기가 살아난다. 저녁은 밥보다는 정종과 일품요리로 메뉴를 짠다. 야끼니꾸불고기나 스끼야끼전골, 스시초밥에 일품요리 한두 가지를 곁들이면 실속 있고 맛있는 성찬이다. 즐거운 혼술 시간이다. 지금도 떠오르는 음식이 있다. 저염의 명란을 살짝 익혀서 저미고 거기에 구운 마늘 3개를 얹어주는 요리다. 이 요리야말로 일본 냄새가 물씬 나는 스태미나 요리가 아닐까 생각한다.

음식점으로 가장 기억에 남는 곳은 우에노의 '다이도료大統領' 선술집이다. 숙소에서 지하철을 타고 열 정거장이나 가야 하지만 갈 때마다 빼놓지 않고 다녔다. 안주를 만들어내는 주방이 중앙에 있기에 손님은 전부 요리사를 쳐다보고 앉는다. 서로 어깨를 맞대어 앉게 되니까 옆 사람과 술친구가 된다. 나로서는 자연스럽게 일본어를 배우는 시간이다. 신나서 주저리주저리 하면서 마셔대며 재미있어 했다.

도쿄에서 후들후들 떨었던 적이 있다. 첫날 저녁 식사 겸 한잔하겠다며 삼십 분을 거닌 끝에 식당을 골랐다. 앉아 둘러보니 메뉴에 平壤평양이라는 한자가 보인다. 출국 전 방첩 교육을 받을 때 조총련을 조심하라고 했던 말이 떠올랐다. 그들이 재일한국인을 북한으로 보내고 있을 때다. 잘못 들어왔다. 떨리지만 긁어 부스럼 만들면 안 된다며 태연한 척 그냥 먹고 나가자고 마음먹었다. 수육과 지짐을 안주 삼아 정종을 세 도쿠리조막병나 마셨다. 얼큰한 기분으로 아무렇지도 않은 척 계산하고 나왔다. 혹시나 하는 마음에 뒤를 돌아보며 꽁지가 빠지게 걸었다.

숙소는 언제나 비즈니스호텔이다. 혼자 지내기에 안성맞춤이다.

에어시티터미널 부근이라 도쿄의 중심지라고 할 수 있다. 중앙구의 닝교초역 근방이라 편리한 시설들이 많다. 직장인과 현대적 시설도 넘친다. 숙소를 이곳으로 정하는 이유는 에어시티터미널 때문이다. 귀국할 때 손도 안 대고 코 풀 정도로 편하다. 화물 탁송은 물론 출국의 모든 수속을 여유롭게 마치고 리무진 버스를 타면 공항에서 할 일은 아무것도 없다. 공항에서의 혼잡스러운 출국 수속 없이 비행기 좌석까지 프리패스다.

일본 역사에서 가장 부러워하는 시기가 1650년대 화란네덜란드과의 교역기다. 무역은 말할 것도 없고 일본이 세계 최고의 과학과 문명을 받아들이는 시기다. 이 시기가 이 세기를 넘기며 대국굴기의 '유신 일본'을 만들어냈다. 국력이 약하면 약소국이 된다. 일본을 다니며 공항에서 입출국 심사를 이십 수년을 받았다. 처음 칠십년대 말엔 얕잡아보는 게 보이더니 서서히 변했다. 정중해졌다. 식민지였던 한국이 불끈불끈 일어나는 것을 신기함 반 두려움 반으로 보았을 것이다. 사람 간에도 그렇지만 국가 간에도 힘이 작용한다. 아무리 그렇다 하더라도 왜 한국과 일본은 무엇이든지 척을 지며 지내야 하는지 안타깝다.

다음 달이면 팔십이 되는데도 먹거리를 찾아다니는 식도락은 도쿄를 다닐 때나 지금이나 여전하다. 며칠 전에도 친구와 한잔하고 헤어져 걸었다. 젊었을 때는 밤에 즐겼는데 언제부턴가 낮으로 바뀌었다. 걸으니까 건강해지는 것 같고 술을 한잔하니까 온통 내 세상이다. 도쿄에서 즐기던 일품요리의 추억과 일본과의 관계가 미래지향적으로 잘 되었으면 하는 바람 속에 빠져 한없이 걷는다.

칩 놓고 돈 먹기

땅집고 헤엄치기를 바라며
마음내키는 번호에 배팅한다.
따는 쪽보다는 잃는 편이 많지만
아차! 하는 스릴에
재미가 만땅이다.

5 오백 원의 덤

대전엔 보문산山이 있고 그 중앙에 시루봉이 있
다. 거기에 올라 내일 아침 찍을 일출 포인트를 잡아놓고 내려와 찾
아간 곳이 주차장 옆의 진래휴게소다. 저녁에 문을 닫고 퇴근하려
는지 손에 자물통을 쥐고 나오는 쥔아주머니가 저 건너로 보인다.
눈에 띄자마자 바쁘게 먼 자락에서 한마디 외쳤다. "커피 한잔 하고
픈데"라고 소리를 치니 "누가 이 시간에?"라며 돌아다보더니 이내
알았다는 듯이 "그럼 해야지"라며 도로 들어간다.

문을 밀고 들어가니 연탄난로 옆으로 어지럽게 놓인 총각무 더

미가 삶을 이야기한다. 다듬은 것과 아직 손도 안 댄 것들이 널브러져 있다. 삼열 십구공탄의 커다란 난로 위에는 스텐 양동이가 놓여 있다. 양동이 뚜껑으로는 큰 양은 쟁반이 덮어져 있다. 그것을 옆으로 살짝 밀면 빼꼼하게 열리며 팔팔 끓는 물의 김이 화산폭발처럼 내뿜는다. 한 국자를 퍼 쟁반 위 컵에 붓는다. 그것을 작은 쟁반 위로 옮기더니 일회용 커피를 타서 휘휘 젓더니 쟁반과 함께 잔을 쓰 윽 내민다. 언제나 자동으로 일어나는 직업적 연속 동작이다. 나도 박자라도 맞추는 듯이 가볍게 잔을 받아 들고 의자를 당겨 난롯가에 자리를 잡는다. 세상이 다 내 것인 것 같은 이 안락함, 몸과 마음이 편안해지는 순간이다.

이 집에 정이 든 사연은 녹두빈대떡 때문이다. 산자락 휴게소에서 어떻게 빈대떡을 할 생각을 했을까. 백 퍼센트 녹두다. 맛있다. 갈 때마다 안 먹을 때가 없을 정도로 애용했다. 거기에 꼭 함께하는 것이 막걸리다. 그리고 한 가지 더 있다. 땅에 파묻은 항아리에서 꺼내 주는 김치다. 맛이 그만이다. 막걸리엔 객쩍은 소리가 따라붙는다. 그게 좋다. 그래서 그랬을까, 시간이 흐르며 아주머니와 정이 들었다. 철쭉이 파릇파릇 피어날 때 독사진을 찍어 액자에 넣어 갖다 드린 적도 있다.

사업 때문이 아닌 나들이에는 되도록 아내와 같이 다니는 걸 좋아한다. 술을 마시게 되면 대리운전은 아내 몫이다. 함께 많이 다녔다. 오래 다니다 보니 아주머니는 나보다 내 아내와 더 친하다. 질투는 아니다. 맨 처음 아내 손에 쥐어준 선물은 땅속에 묻어둔 항아리 속 김치였다. 내가 너무 좋아해서일까, 아니면 아내가 더 마음에 들어서일까. 알 수는 없지만 어느 날 떠날 때 아내의 손에 들려왔다. 정말 끝내주는 맛이다. 그러더니 장독대의 간장 고추장 따위도 가끔 손에 들려왔다. 그러다 보니 양쪽 가족사도 나눌 만큼 사사로운 사이가 되었다.

저녁나절에 손님이 없었나 보다. 이야기가 그리웠는지 기다렸다는 듯이 내 말에 즉각 반응이다. 영양가는 어떨지 몰라도 나누어가는 이야기에는 늘 재미가 붙는 둘 사이다. 널브러져 있는 총각무 때문이었을까. 커피를 입에 대며 나온 일성이 "이제 그만둘 때도 되었지요?"였다. 거기에 맞선 아주머니의 답이 명품이다.

"자기 적성에 맞는 직업을 가지면 행복하다!"

"어~엉? 적성? 이게 아주머니에게 맞아?"

적지 않은 나이에, 해만 지면 컴컴해져 으스스하게 신경 쓰이는 이런 산에서? 그 답이 좀 의아했다. 어떻게 그럴 수가 있을까.

"정말?"

"그러~엄!"

대답이 거침이 없고 단단하게 여물었다.

"나보다 행복한 사람 있으면 나와 보라고 해!"

목소리가 몇 옥타브 올라 꼭 포효하는 것 같다.

할 말을 잊었다. 이게 정말인가? 칠십 대 아주머니를 자신감 넘치게 할 수 있는 요인은 뭘까? 아주머니는 나보다 몇 년 연상이다. 그런데도 늘 즐겁고 자기주장이 강하다. 가게에 오는 단골들과도 잘 어울린다. 단골로 늙수그레한 할배들이 몇 있다. 아주머니가 남들과 이야기를 나누고 있을 때는 절대로 자기를 섞지 않는 그들이다. 불문율 같은 것이다. 할배들 속에 있는 아픈 상처 때문일 것이다. 그런 것을 남들에게 보이고 싶지 않은 마음이 있기에 남의 것에도 예를 다하는, 끼어들어선 안 된다고 생각하고 있을 것이다. 직접 못 들었지만 나도 그들의 속마음을 알 만한 나이가 되었다. 삶에 지쳐 건강이 나빠졌고, 혼자가 되어 쓸쓸하고, 어쩔 수 없이 산에 다니게 된, 구석으로 몰리고 몰린 할배들이다. 그들과 나누는 아주머니의 목소리가 유쾌하고 낭랑하지만 언제나 배려하는 심성이 보인다. 고맙다.

어둑해지는 이 시간에 퇴근하는 것도 그렇고, 아직도 난롯가 한 편에는 다듬다 만 총각무가 혼란스럽다. 손님들이 어지럽히고 일어난 바닥도 그대로인 것이 한편으론 가엾고 안쓰러워 농반진반으로 한마디가 불쑥 튀어나왔다. 그 바람에 아주머니로부터 나온 직업에 대한 한마디의 일가견이 나를 부끄럽게 만들었다. '자기 적성에 맞는 직업을 가지면 행복하다'라는 견해, 생활 속에서 터득한 진리는 500원짜리 커피의 덤이라는 듯 거침이 없었다. 덕분에 오늘도 가슴 뭉클함을 담게 되는 날이다.

사진 · 글 · 재미에 빠진
유쾌한 노년

초판인쇄 2023년 11월 17일
초판발행 2023년 11월 17일

지은이 이승남
펴낸이 채종준
펴낸곳 한국학술정보(주)
주 소 경기도 파주시 회동길 230(문발동)
전 화 031-908-3181(대표)
팩 스 031-908-3189
홈페이지 http://ebook.kstudy.com
E-mail 출판사업부 publish@kstudy.com
등 록 제일산-115호(2000. 6. 19)

ISBN 979-11-6983-810-8 03810